(K)ein Deal zum Glück

# (K)ein Deal zum Glück

Andrea Hundsdorfer

Bibliographische Information der Deutschen Bibliothek:
Die Deutsche Bibliothek verzeichnet diese Publikation
in der Deutschen Nationalbibliographie; detaillierte
bibliographische Daten sind im Internet über
http//dnb.ddb.de abrufbar.

Originalausgabe: 2022
Copyright: 2022 Andrea Hundsdorfer
Herstellung und Verlag: BoD - Books on Demand,
Norderstedt
ISBN: 9783756884674

 **Kapitel eins**

»**D**eal!«

Deal?

Habe ich tatsächlich Deal gesagt? Ich reiße die Augen auf und mein Oberkörper schnellt in die Vertikale, was mir einen stechenden Schmerz im Lendenwirbelbereich einbringt. Ich bereue umgehend diesen Frevel an meiner Wirbelsäule, die durch viel zu viele Stunden auf meinem durchgesessenen uralten Bürostuhl, reichlich lädiert ist. Mein dröhnender Schädel zwingt meinen Körper sofort zurück in die Horizontale, meine Harnblase jedoch meldet ihre Bedürfnisse nach einer unverzüglichen Leerung an. Ansonsten übernähme sie keine Haftung für die Unannehmlichkeiten, die aus einer weiteren Verzögerung resultieren könnten, meldet sie dem Kleinhirn, da der größere Teil meines Nervensystems sich noch nicht aktiv an den Geschehnissen dieses Sonntagnachmittages beteiligt. Also schwinge ich meine Beine über die Bettkante und richte mich ein weiteres Mal auf, diesmal jedoch deutlich Rücken schonender.

Ich gewähre dem Karussell, das sich hinter meiner Stirn unaufhörlich dreht, einen Moment Zeit, um die aktuelle Fahrt zu beenden.

Dann peile ich die Schlafzimmertür als erste Etappe auf den Weg zum angrenzenden Badezimmer an. Noch gehorchen meine Beine den Befehlen meines Oberstübchens nicht so geschmeidig wie sie sollten, aber mit jedem Schritt wächst die Sicherheit in die erlernten Fähigkeiten.

Auf dem Rückweg erspare ich mir den Blick in den Spiegel. Ich weiß auch so wie ich aussehe. Dazu braucht es kein Bild, das mir diese eitle silber-beschichtete Glasfläche schonungslos entgegen-schleudern würde. Und zwar genau in dem Moment, in dem sie auch nur einen meiner beiden Augäpfel habhaft werden würde. Könnte man nicht Zauberspiegel entwickeln, die einen immer blendend aussehen lassen, egal wie hart die vorangegangene Nacht auch gewesen sein mochte? Das wäre ein todsicheres Ding für *Die Höhle des Löwen*.

Trotz geschlossener Augen bin ich in der Lage, mein Aussehen, mit dem ich sicherlich sofort eine Anstellung in einer Geisterbahn bekommen würde, detailliert zu beschreiben. Ich werde mich, entgegen dem ausdrücklichen Rat meiner besten Freundin Maja, mal wieder nicht abgeschminkt haben. Sie hatte diese Bitte jedes Mal gebetsmühlenartig runtergeleiert wenn wir uns nach einer durchtanzten Nacht frühmorgens getrennt hatten.

Meistens hatte ich artig genickt, um fünf Minuten später ins Bett zu fallen, natürlich noch in kompletter Maskerade.

Wimperntusche, Lidschatten und Lipgloss werden mittlerweile eingetrocknet sein und es sich in den winzigen Vertiefungen rund um meinen Mund und meinen Augen gemütlich gemacht haben. Fältchen, eine niedliche Verharmlosung eines Nomens als Beschreibung der unumstößlichen Tatsache, dass jetzt, mit Anfang dreißig, bereits die besten Jahre hinter mir liegen. Ich gurgele ein paar Mal und spüle meinen Mund aus, um den schalen Geschmack von kaltem Rauch und abgestandenem Bier von der Oberfläche meiner Zunge zu entfernen. Zu viel Alkohol, zu viel Zigaretten, dafür zu wenig Schlaf und Lisa wieder alleine nach Hause. Ich schlurfe zurück ins Schlafzimmer und werfe einen kurzen Blick auf mein Smartphone. Erst dreizehn Uhr, definitiv zu früh zum Aufstehen.

Ich sollte mir einen Nachschlag holen, denn in wenigen Stunden ist das Wochenende schon wieder vorbei und eine neue öde Woche steht mir bevor.

Nicht nur auf meinem Gesicht, sondern auch auf dem Kopfkissen, hat mein aufwendiges, aber letztendlich nutzloses Make-up, eindeutige Spuren hinterlassen. Den Bezug werde ich später abziehen und in die Wäsche schmeißen.

Jetzt brauche ich erst einmal noch 'ne Mütze Schlaf. Ich lasse mich auf die Matratze fallen und ziehe mir die Decke bis zur Stirn. Doch anstatt wieder selig einzuschlafen, tauchen kuriose Bilder des gestrigen Abends vor meinem geistigen Auge auf. Sind die real oder entstammen sie dem krassen Traum, dem ich vor wenigen Minuten durch den eindringlichen Alarm meiner Blase entrissen worden war? Normalerweise habe ich die Inhalte meiner Träume – und ich träume häufig – direkt nach dem Aufstehen vergessen. Sowie ich ins Bad geschlurft bin, sind sie weg. Ich habe mal gelesen, dass das Gehirn aufräumt und jeglichen unnötigen Informationsballast abwirft, sobald man durch eine Tür geht. Diesem Phänomen ist es geschuldet, dass man, nachdem man einen Raum betreten hat, oft nicht mehr weiß, was man dort eigentlich wollte. Offensichtlich fielen meine Träume bis jetzt stets diesen rigorosen Aufräumaktionen meines zentralen Nervensystems zum Opfer. Aber, warum kann ich mich gerade heute praktisch an jedes einzelne Wort dieser bizarren Begegnung erinnern, obwohl ich, wie mir gerade siedend heiß einfällt, keinen blassen Schimmer habe, wie ich nach Hause, geschweige denn ins Bett gekommen bin?

## Zehn Stunden zuvor

»Hey.«

»Selber hey«, antwortete ich und musterte mein Gegenüber. Die Frau sah gut aus, zu gut. Sie lächelte mich an. Ich runzelte die Stirn. Musste ich sie kennen? Nein, ich hatte sie hier noch nie gesehen. Sie wäre mir bestimmt schon einmal aufgefallen. Schließlich war dies mein Stammclub, und ich verbrachte jedes verdammte Wochenende hier auf meiner verzweifelten Suche nach Mr. Allright.

»Bist du öfters hier?«, fragte sie und neigte ihren Kopf ein wenig. Was wollte sie von mir?, dachte ich, während mich ihre hellblauen Augen durch eine dichte Reihe schwarzer, unverschämt langer Wimpern musterten. Ihre schmale Nase harmonierte perfekt mit ihren hohen Wangenknochen. Ihre vollen, aber nicht zu prallen Lippen, waren leicht geöffnet und glänzten feucht, und zwar ganz ohne den Einsatz eines kosmetischen Hilfsmittels.

In meinem Kopf machte es KLICK und umgehend sprangen sämtliche Alarmglocken an. War auch sie auf der Suche, aber im Gegensatz zur mir nach Ms. Right? Hatte ich, natürlich völlig unbeabsichtigt, falsche Signale ausgesendet?

Okay, ich gebe zu, über die Jahre habe ich meine Ansprüche an meinen Traummann bereits deutlich runtergefahren. Aber ein MANN sollte es definitiv noch sein!

»Ab und zu«, antwortete ich deshalb vage und blickte demonstrativ an ihr vorbei auf die kleine Tanzfläche im hinteren Teil des Clubs. Ich hoffte, meine knappe Antwort und meine abweisende Körpersprache würden ihr deutlich zu verstehen geben, dass ich – egal wie verzweifelt ich auch sein mochte – keinerlei Interesse an ihr hatte.

Ich ignorierte ihre Anwesenheit demonstrativ, doch die Hartnäckigkeit, mit der sie einfach neben mir stehen blieb, verringerte in zunehmendem Maße meine Chancen, heute Abend ein männliches Wesen auf mich aufmerksam zu machen und es eventuell abzuschleppen. Gerade jetzt, kurz nach drei, ging es in die sogenannte Crunch Time! *(Anm. der Autorin: Begriff aus dem Handball, für die spielentscheide Phase)* Also in die Phase des Abends, in dem die Entscheidung fiel, ob frau alleine oder in Begleitung nach Hause ging.

Ich wollte nicht unhöflich sein, aber ich musste handeln und zwar sofort.

»Nichts für ungut, äh …?«

»Angel.«

Änschel, na klar! Sie sprach ihren Namen englisch aus, wie auch sonst! Sie wollte wohl besonders hipp gelten. Sei 's drum. Ich holte tief Luft und begann erneut.

»Meinetwegen … Angel, das hier«, ich ließ meinen Arm einen Rundumschlag ausführen, der den ganzen Club inklusive Garderobe, Ausgang und sogar den Toilettenbereich umfasste, »ist mein Jagdrevier.«

»Waidmanns Heil«, wurde ich direkt von meinem anhänglichen Gegenüber unterbrochen.

»Bitte?«

»Sagt man doch so unter Jägern, oder nicht?«, kam es prompt zurück.

»Keine Ahnung«, antwortete ich, zunehmend genervt.

»Und, schon Beute gemacht?«, erdreistete sich Angel zu fragen, meine patzige Antwort einfach ignorierend.

»Ja, äh ... nein, heute noch nicht«, stammelte ich. Angels ständige Unterbrechungen brachten mich völlig aus dem Konzept.

»Hm«, machte sie und runzelte ihre faltenfreie Stirn. »Soll ich dir vielleicht helfen?«

Soweit kommt es noch, dass Angel für mich einen Typen klar macht!

»Nein, danke«, lehnte ich schroff ab.

»Wäre kein großes Ding«, bot sie unverhohlen an.

Für dich nicht, schon klar, dachte ich bitter und wandte mich von ihr ab, in der Hoffnung, dass sie mich dann endlich in Ruhe lassen würde.

»Welcher Mann würde dir denn gefallen?«, hörte ich Angels Stimme dicht an meinem Ohr.

Ich drehte mich erneut zu ihr um und schaute ihr direkt ins Gesicht. Angel trug eine absolut unschuldige, aber entschlossene Miene zur Schau. War die echt oder nur verdammt gut geschauspielert? Mir wurde klar, dass Angel nicht locker lassen würde. Also gab ich auf und schaute mich im Club um.

»Okay«, sagte ich schließlich, »links neben dem Pfeiler. Der große Blonde, dunkle Jeans, weißes Hemd.«

»Gute Wahl«, meinte Angel nach kurzer Begutachtung meiner spontanen Auswahl.

»Und was genau wünschst du dir?«

Einen unvergesslichen One-Night-Stand, was denn sonst, dachte ich.

Angels rechte Augenbraue zuckte für einen kurzen Moment in die Höhe. Entweder sie las gerade meine Gedanken oder dechiffrierte meine Mimik. Stand mir mein Bedürfnis wirklich so deutlich auf der Stirn geschrieben? In fetten roten Lettern? Angels perfekt gezupfte Augenbraue befand sich wieder exakt auf der Höhe der anderen.

Wie sehr wünschte ich mir, ich könnte meine Augenbrauen ebenfalls einzeln bewegen.

Immer wenn ich das versuchte, gipfelten meine Bemühungen in einer Grimasse, mit schiefem Mundwinkel und unschönen Falten auf der Stirn. Ich beneidete die Menschen, die diese Fähigkeit besaßen, und diese dann auch noch zur richtigen Zeit, in richtiger Dosierung einzusetzen wussten.

Angel lächelte. In diesem Moment war ich mir absolut sicher, dass sie meine Gedanken lesen konnte.

»Also«, wiederholte Angel ihre Frage, »was genau wünschst du dir?«

Richtig, sie wartete noch auf eine Antwort.

»Vielleicht erstmal ein Date«, antwortete ich zögerlich. Der Rest wird sich dann hoffentlich von selbst ergeben, fügte ich in Gedanken hinzu.

»In Ordnung«, sagte Angel plötzlich völlig geschäftsmäßig, »ich bestätige deinen Wunsch.

Du möchtest ein Date mit dem großen jungen Mann, der dort drüben lässig an dem Pfeiler lehnt.«

Ich nickte und sie ebenfalls. Keine zehn Sekunden später tippte ein Finger behutsam an meine Schulter.

»Hallo«, sagte eine angenehme Stimme, die mir auf Anhieb sympathisch war. Eine Viertelstunde später wusste ich nahezu alles über Maik, inklusive seiner Handynummer.

Dreißig Minuten später hatte ich eine Einladung zum Abendessen für den nächsten Freitag in der Tasche.

Nachdem er sich mit einem smarten Lächeln und einem verheißungsvollen Kuss auf meine Wange verabschiedet hatte, wandte ich mich Angel zu.

War wirklich sie es gewesen, die Maik dazu gebracht hatte, mich anzusprechen? Ich hatte jedenfalls keine auffälligen Handzeichen oder Manöver ihrerseits wahrgenommen.

»Gib zu, Maik und du, ihr beide steckt unter einer Decke. Wahrscheinlich lacht ihr euch später schlapp über mich.«

»Ich stecke mit niemandem unter einer Decke«, widersprach Angel ernst und schüttelte vehement den Kopf. »Du... du hast es doch gewollt, oder etwa nicht?«

»Ja, das schon, aber wie hast du das gemacht?«, fragte ich sie, doch diesmal zuckte Angel als Antwort nur mit den Schultern. Ein feines Lächeln umspielte dabei ihre Lippen.

»So einfach könnte es für dich von jetzt an immer sein«, meinte sie schließlich, »für den Rest deines Lebens. Du nennst deinen Wunsch und ich erfülle ihn dir.«

Ich lachte laut auf.

»Dann bist du also eine gute Fee«, sagte ich und grinste breit.

»Könnte man so sagen«, erwiderte sie trocken.

»Na sicher, und ich bin der Papst!«, entgegnete ich immer noch lachend. »Nun sag schon, wo steht der Kerl mit der versteckten Kamera?«

Das erste Mal an diesem Abend wirkte Angel überrascht.

»Kameramann, welcher Kameramann?«, fragte sie sichtlich irritiert.

»Na, der von Verstehen Sie Spaß?«

»Entschuldige, aber das sagt mir nichts, obwohl ich sonst mit euren Bräuchen und Sprichwörtern recht vertraut bin. Aber so lange bin ich ja auch noch nicht als Wunsch-Erfüllerin tätig.«

Ich prustete los.

»Wunsch-Erfüllerin, ist das ein Beruf?«

»Eher eine Berufung, der ich gefolgt bin«, antwortete sie mit ernster Miene.

Ab jetzt war mir klar: So gut aussehend Angel auch war, sie hatte mächtig einen an der Waffel. Vielleicht glaubte sie wirklich, sie sei eine gute Fee, die aus Versehen aus ihrem Märchen gefallen und im 21. Jahrhundert gestrandet war. Vielleicht war sie aber auch nur aus einer geschlossenen Anstalt geflohen. Sie erschien mir harmlos, und da ich mittlerweile Spaß an der Sache gefunden hatte, entschied ich mich, ihr Spiel weiterhin mitzuspielen. Zumal ich mein Minimalziel des Abends – ein Date – erreicht hatte.

»Dein Job ist es also, Wünsche zu erfüllen?«, fragte ich und Angel nickte.

»Wirklich jeden Wunsch und einfach so?«, hakte ich nach.

»Nicht alle Wünsche«, schränkte sie ein. »Es gibt ethische und moralische Kriterien, die eine Wunscherfüllung absolut inakzeptabel machen. Ebenso sind rein monetäre Wünsche indiskutabel. Ich bin schließlich keine Lottofee.«

Angel lachte kurz über ihren Scherz, um dann gleich sachlich fortzufahren. »Ansonsten hast du eine recht große Auswahl an Wünschen, die ich dir erfüllen kann.«

»Und wo ist der Haken an der Sache?«, wollte ich wissen.

»Es gibt keinen Haken«, widersprach Angel, »du müsstest nur eine kleine, nennen wir es, Gegenleistung erbringen.«

Na klar, Haken auf neudeutsch = kleine Gegenleistung.

»Und das wäre was genau?«, fragte ich trotzdem.

»Jeder Wunsch kostet dich ein wenig Lebenszeit.«

Hm, überlegte ich, von dieser Währung hatte ich ja reichlich.

»Wie lautet der Tarif?«, fragte ich spaßeshalber.

»Pro Wunsch ein Lebensjahr«, lautete die prompte Antwort.

»Das ist Wucher!«, sagte ich, als wäre ich ernsthaft aufgebracht, konnte mir ein Grinsen jedoch insgeheim kaum verkneifen.

»Ich habe einen gewissen Verhandlungsspielraum…«, lenkte Angel ein, und ich hätte mir fast in die Hose gemacht.

»Sag nicht es gibt eine Flatrate!«

»Das nicht«, entgegnete sie ernsthaft, »aber ich kann dir beim Tarif etwas entgegenkommen. Sagen wir pro Wunsch sechs Monate?«

»Maximal einen«, hielt ich dagegen.

»Mindestens fünf.«

»Höchstens zwei.«

»Also vier.«

»Drei.«

»Deal.«

Angel strahlte über das ganze Gesicht, und ich fühlte mich so überrumpelt wie zuletzt auf dem türkischen Basar in Manavgat.

Sie drehte sich nach ihrer Handtasche um und entnahm derselben ein Formular und einen goldenen Kugelschreiber. Die Mine des Stifts huschte über das Papier, machte hier Kreuzchen, trug dort Daten ein, bis sie es mir zur Unterschrift vorlegte.

»Einmal unten rechts bitte«, sagte sie und sah dabei so glücklich aus, wie ein Versicherungsvertreter, der soeben einem neunundneunzigjährigen ein komplettes Versicherungspaket inklusive Bausparvertrag ange-dreht hatte.

Um Angel nicht den Spaß zu verderben, nahm ich das Schreiben in die Hand. Es glich einem üblichen, wenn auch sehr übersichtlichen Versicherungsvertrag und war in sechs Paragraphen unterteilt. Das Honorar, also meine Gegenleistung pro Wunsch, war festgehalten, ebenso wie der Vertragsbeginn, das heutige Datum.

»Gibt es eine Kündigungsfrist und eine Rücktritts-möglichkeit?«, wollte ich wissen.

»Aber ja«, sagte Angel und wies mit ihren schlanken Fingern auf die entsprechende Stelle des Vertrages.

»Na dann«, meinte ich lässig. Wie verlangt, setzte ich meine Unterschrift schwungvoll in das Feld unten rechts, ohne die Ausstiegsklausel wirklich gelesen zu haben.

Angel trennte einen perforierten Seitenstreifen ab und reichte mir meine Durchschrift.

»Sektchen?«, fragte sie gutgelaunt und ich antwortete: »Warum nicht?«

 **Kapitel zwei**

Zum zweiten Mal an diesem Nachmittag fährt mein Oberkörper in die Höhe. Die Durchschrift! Wo zum Henker habe ich diesen Fetzen Papier hingetan? Habe ich ihn überhaupt eingesteckt? Ich grabe tief in meinen Gehirnwindungen und schließe für einen Moment die Augen. Aus dem Sektchen waren am Ende zwei Flaschen geworden, von denen definitiv ich den Löwenanteil getrunken hatte. Daher kostet es mich einige Mühe, auch noch den Rest der vergangenen Nacht zu rekonstruieren.

**Neun Stunden zuvor**

»Warum gerade ich?«, fragte ich, nachdem wir auf den erfolgreichen Vertragsabschluss angestoßen hatten.

»Du bist die perfekte Kandidatin.«

»Ach ja, und was genau qualifiziert mich dazu? Mein derzeitiger Status: Single, kinderlos und beruflich in einer Sackgasse?«, fragte ich leichthin.

»Exakt«, bestätigte Angel und lächelte.

»Na, vielen Dank auch.«

So genau hatte ich es gar nicht wissen wollen. Aber wer fragt bekommt nun mal Antworten, auch wenn diese einem nicht passen.

»Gern geschehen«, sagte Angel in diesem Moment.

Sie mochte fachlich ein Ass sein, aber auf der zwischenmenschlichen Schiene hatte Angel noch große Defizite. Daran sollte sie schleunigst arbeiten, sonst würden ihr die Kunden gleich nach Abschluss des Vertrages wieder reihenweise abspringen. Leicht eingeschnappt leerte ich mein Glas auf ex.

»Auf einem Bein kann man nicht stehen, oder?«, fragte ich und wartete ihre Antwort gar nicht erst ab, sondern gab dem Kellner ein Zeichen, uns gleich eine ganze Flasche zu servieren. Wenn schon, denn schon! Ab morgen würde ich ja ein absolut sorgenfreies Leben führen, oder? Plötzlich kam mir ein ganz neuer Gedanke, der mich meinen Unmut für einen Moment vergessen ließ.

»Was passiert eigentlich mit meiner Zeit?«, fragte ich nachdem ich einen weiteren kräftigen Schluck genommen hatte.

»Iss das so wie bei Momo und den graun Herrn?«

»Nein, du bekommst die Zeit ja nicht gutgeschrieben«, belehrte mich Angel.

»Ach ja richtig, 'ntschuldige«, antwortete ich und schlug mir mit der flachen Hand an die Stirn, was einen leichten Schwindel auslöste.

Oder war es der Sekt, der mir mit einem Mal gewaltig zu Kopf stieg und allmählich begann, meinen Sprachapparat zu beeinträchtigen?

»Also, isse dann einfach wech?«

»Nicht ganz.«

»Was soll das 'n jetz heißn?«

Angel schwieg einen Moment. Bei ihr war es jedoch nicht der Sekt, der sie am Weitersprechen hinderte. Vielmehr kam es mir so vor, als würde sie sich gut überlegen, ob und vor allem wie sie meine Frage beantworten sollte. Ha, dachte ich belustigt, jetzt weiß dat Ängelchen nicht mehr weiter. Soweit hatte sie ihr Spielchen bestimmt nicht im Voraus geplant. Ich war ja sowas von gespannt auf ihre Antwort.

»Sie kommt jemand anderem zugute«, gestand Angel mir schließlich.

»Eim andern, so so«, sagte ich. Ich war mir nicht sicher, ob mir Angels Antwort gefiel.

»Je.. jemand, der se mehr verdient als ich. Willste das sagn?«

Ich bemerkte, dass sich Angel immer unwohler in ihrer Haut fühlte. Trotzdem beharrte ich auf die Beantwortung meiner Frage, denn auch meine Stimmung war nach Angels Aussage umgeschlagen.

Ich war kurz davor, die ganze Sache hier und jetzt zu beenden, und den soeben geschlossenen Vertag vor Angels Augen in tausend kleine Papierschnipsel zu zerreißen.

»Nich so zimperlich, imma raus mit der Sprache!«, forderte ich angriffslustig.

Angel räusperte sich.

»Die Zeit bekommt jemand, der sie dringender braucht.«

PENG, das saß. Eine verbale Ohrfeige, die ebenso schmerzte, als hätte mir Angel tatsächlich eine verpasst. Ich wandte mich ab und starrte auf die leere Sektflasche, die vor mir auf den Tresen stand. Habe fertig! Hatte das nicht Trapattoni gesagt? Flasche leer, habe fertig! Ich hatte auch fertig und wollte nur noch weg, doch der Kellner tauschte ungefragt die leere gegen eine volle Flasche aus, also blieb ich. Vielleicht waren es auch meine Füße, die, mittlerweile schwer wie Blei, sich schlichtweg weigerten, Richtung Ausgang zu marschieren.

Die nächsten zwei Gläser schwiegen Angel und ich uns an. Ich merkte, dass sie unglücklich war über die Wendung, die unsere Unterhaltung genommen hatte.

Und wenn ich ehrlich war, fühlte ich mich ebenfalls mies. Warum hatte ich es auch so weit kommen lassen?

War doch ohnehin nur alles Quatsch, an den ich mich morgen bestimmt schon nicht mehr erinnern würde. Ich sollte Angel den Abend nicht verderben und weiterhin auf ihr Spiel eingehen. Erneut leerte ich mein Glas in einem Zug und schenkte umgehend nach.

»Unwiemacheichdasjetztmitdemwünschen?«

Upps, mein Sprachapparat hatte mittlerweile gehörig mit dem zunehmenden Alkoholkonsum zu kämpfen.

Meine Zunge folgte nur noch unzureichend und mit einiger Verzögerung den Befehlen, die wahrscheinlich auch nicht mehr ganz so eindeutig übermittelt wurden. Angel schien mein Genuschel jedoch dekodieren zu können.

»Für die erste Zeit sollten wir es unbedingt ausdrücklich machen«, meinte sie. »Ich reagiere von meiner Seite erst, wenn du deinen Wunsch klar beschrieben und sprachlich ausformuliert hast. Gerade ungeübten Anfängern gegenüber wäre alles andere unfair. Sie würden zu viele Wünsche auf einmal verpulvern.«

Entweder Angel vertrug wesentlich mehr als ich oder sie war gegen Alkohol immun. Wie zum Henker konnte sie mit diesem Alkoholpegel solche Sätze rauskloppen? , fragte ich mich, während sie unbeirrt und ohne ersichtliche Mühe fortfuhr.

»Später, wenn du erst einmal Erfahrungen im Definieren deiner Wünsche gesammelt hast, kann ich sie dir auf rein gedanklicher Ebene erfüllen.«

Die Informationen, die auf mich einprasselten wie Hagelkörner, rasten in meine Ohrmuschel, durchpflügten meinen Gehörgang, trafen auf den Hörnerv, aber meine Synapsen wussten nicht wirklich, wo sie diese Informationen abspeichern sollten. Meine Konzentrationsfähigkeit tendierte gen null und ich spürte, dass ich mir in diesem Moment nichts sehnlichster wünschte, als in meinem warmen weichen Bett zu liegen.

»Dein Wunsch sei mir Befehl«, flüsterte Angels Stimme ganz dicht an meinem Ohr, »und der erste geht aufs Haus.«

 **Kapitel drei**

Mittlerweile bin ich aufgestanden und habe es mir – nach einer ausgiebigen Dusche – in Schlabber T-Shirt und Leggins auf meinem Sofa gemütlich gemacht. Mit einer großen Tasse pechschwarzem Kaffee in den Händen und einer halben Tafel Nussschokolade in Griffweite, beäuge ich den Durchschlag des Vertrages, den ich aus der Innentasche meiner alten Lederjacke gepfriemelt habe, und der nun zerknittert auf meinen Oberschenkel liegt.

Die Dusche und das Koffein zeigen Wirkung und mein Großhirn nimmt, wenn auch ein wenig störrisch, seine Arbeit auf. Als erste offizielle Amtshandlung nach dem alkoholbedingten Shutdown der letzten Stunden, konfrontiert es mich mit einer nicht ganz unberechtigten Frage: Wie um alles in der Welt bin ich nach Hause gekommen? Hat Angel mich begleitet? Hat sie dafür gesorgt, dass ich – mehr oder weniger – entkleidet in meinem Bett gelandet bin? Meine Jacke hängt an der Garderobe, die Schuhe stehen darunter, der Haustürschlüssel liegt in der kleinen Metallschüssel auf dem Sideboard. Ich schaue mich in meiner kleinen Butze um.

Mit welchen Augen Angel sie wohl betrachtet hat? Mit einem wohlwollenden oder eher abwertenden Blick?

Mit Neugier oder Bestätigung, dass ihre Auswahl genau richtig gewesen ist? Dieser Gedanke hat auch jetzt noch, Stunden später, einen schalen Nachgeschmack.

Ich lehne mich zurück und schließe die Augen. Es gab eine Zeit, da bewohnte ich ein schönes Appartement. Mit großen Balkon nach Westen und moderner Einbauküche. Neben Wohn- und Schlafzimmer hatte es auch ein Gästezimmer gegeben, das ich in meiner Fantasie bereits als Kinderzimmer eingerichtet hatte. Doch während ich noch eifrig Pläne schmiedete, grätschte mir das Leben dazwischen. Rote Karte, Platzverweis, Abstieg in die zweite Liga.

Ich öffne die Augen, um diesen unschönen Erinnerungen zu entfliehen und taste nach der Schokolade. Ob die Kakaobauern in Südamerika überhaupt wissen, welchen unbezahlbaren Dienst sie knapp 51 Prozent der Weltbevölkerung mit dem Anbau dieser Pflanze erweisen? Wenn ja, müssten die Preise eigentlich durch die Decke schießen, und jede Bohne mit Gold aufgewogen werden.

Ich nehme einen weiteren Schluck Kaffee, der mich wunderbar von innen wärmt und breche mir einen ersten Riegel Schokolade ab. Jetzt fühle ich mich gewappnet, um mich endlich dem Vertrag zu widmen, der noch immer auf meinem Schoß ruht.

§ 1

*Es werden keine monetären Wünsche erfüllt.*

Ich erinnere mich vage an Angels diesbezüglicher Aussage. Schade, denke ich, denn ich hätte eine ellenlange Einkaufsliste. Angefangen von einer komplett neuen Sommergarderobe, da der Inhalt meines Kleiderschrankes dem aktuellen Stand der Mode gut vier Jahre hinterherhechelt. Dann wären da noch ein neues Auto, neue Möbel, ein riesiges Wasserbett, ein todschicker Side to Side Kühlschrank mit Eiscrusher und ein Thermomix. Nicht um damit zu kochen, sondern nur um mit ihm anzugeben.

Oder eine Reise an die schönsten Strände der Welt. In die Karibik oder auf die Malediven, bevor diese im Meer versunken sind. Drei Wochen einfach die Seele baumeln lassen und einen Cocktail nach dem anderen schlürfen.

Ich seufze. Ich seufze verdammt tief. Doch dann straffe ich meine Schultern und nehme mir vor, alles daran zu setzen, diesen Paragraphen zu überlisten. Aber erst einmal weiter im Text.

§ 2

*Es werden keine Wünsche zum Schaden Dritter erfüllt.*

Ich stelle schon beim zweiten Paragraphen fest, dass die Verfasser des Vertrages echte Spielverderber sind, denn auch hier hätte ich eine verdammt lange Liste. Nicht gespickt mit finanziellen Wünschen, sondern mit Personen, denen ich die Pest an den Hals wünschen würde.

Unangefochten auf Platz eins dieser Charts steht mein Ex-Freund Sven. Er ist schuld daran, dass ein gewaltiger Batzen meines Gehaltes schon seit Jahren nicht auf meinem Konto landet, sondern gepfändet wird. Allein diese Tatsache und die daraus resultierende ständige Ebbe in meinem Portemonnaie werden mich dazu bringen, äußerst intensiv nach einem Schlupfloch für den § 1 zu suchen.

Auf Platz zwei folgt mein Chef, der Vollpfosten. Er hat exakt diese vertrauliche Information aus der Personalabteilung, mal eben locker während eines Smalltalks am Kaffeeautomaten im Büro fallen gelassen, und mich somit ungefragt zum Gesprächsthema Nummer eins der Firma gemacht. Seitdem beäugen mich die Büro-Pomeranzen mit einem halb höhnischen und halb mitleidsvollen Blick.

Besonders Mona, diese blöde Kuh, die von nichts 'ne Ahnung hat, aber überall ihren Senf hinzu geben muss.

Platz drei gebührt dem Busfahrer, der immer genau dann die Tür schließt und losfährt, wenn ich wie Usain Bolt in seinen besten Zeiten um die Ecke spurte, was der Honk auf jeden Fall mitbekommt. Denn ich sehe sein Grinsen im Außenspiegel. Er weiß es, ich weiß es.

Platz vier belegt mein Nachbar, der immer demonstrativ den Schrubber direkt vor meine Wohnungstür stellt, damit ich auch nur ja nicht vergesse, dass ich Flurdienst habe.

Platz fünf mein ehemaliger Biolehrer.

Platz sechs die Eltern meines Ex.

Platz sieben ...

Da ich mir nicht den Rest des Sonntagnachmittags verderben möchte, höre ich hier auf, obwohl ich die Liste noch unendlich weiterführen könnte. Weil es aber ohnehin nichts bringt, und ich mich nicht an all den Idioten, die mir mein Leben zur Hölle machen, rächen kann,  beende ich es hier und jetzt und schiebe zur Beruhigung lieber einen weiteren Riegel Schokolade nach.

§ 3

*Es werden keine Wünsche bezüglich Veränderungen am eigenen Körper erfüllt.*

Na super! Ein faltenfreies Gesicht, Oberschenkel ohne Dellen, top BMI-, Cholesterin- und Leberwerte, all das kann ich mir abschminken. Wie gern würde ich aussehen wie Meg Ryan, damals in meinem Lieblingsfilm French Kiss. Erneut entweicht ein tiefer Seufzer meiner rauen Kehle. Zu diesem Paragraphen werde ich mir ebenfalls meine Gedanken machen müssen.

## § 4

*Es können keine utopischen Wünsche erfüllt werden, die ein globales Zusammenspiel aller Nationen erforderlich machen würde, wie zum Beispiel Weltfrieden, inklusive komplettem Rüstungsabbau oder Erreichung der Klimaziele.*

Für einen winzigen Moment bin ich beschämt, dass ich in meiner Aufzählung nicht einen Augenblick an die Verwendung wenigstens eines Wunsches in diese Richtung gedacht habe.

Bin ich echt eine so egozentrische Kuh? Nur gut, dass ich gerade schwarz auf blassrosa lese, dass es ohnehin nichts gebracht hätte. Also, schlechtes Gewissen, mach dich vom Acker, hier ist kein Platz für dich!

## § 5

*Es werden keine Zeitreisen ermöglicht.*

Hm, mal eben bis zum nächsten Samstag in die Zukunft reisen, die Lottozahlen samt Superzahl notieren und Schwupps zurück, ist schon mal nicht möglich.

Die Verfasser der Paragraphen waren nicht nur Spaßbremsen, sondern ganz schön ausgebufft.

Aber würde ich überhaupt in die Zukunft reisen wollen?

»Wo sehen Sie sich in fünf Jahren?«

Diese absolut bescheuerte Frage wird ja gerne bei Vorstellungsgesprächen gestellt. Was weiß denn ich, was in fünf Jahren alles passieren kann!

Man sollte dummdreist antworten:

»Auf der anderen Seite dieses Tisches.«

Dann wäre Ruhe im Karton, und den Job bekäme garantiert ein anderer.

Vielleicht sollte man, je nach eigener Tagesform, wahlweise wie folgt antworten:

»In fünf Jahren bin ich verheiratet, bekomme das zweite Mal Nachwuchs, mir wächst alles über den Kopf, aber meine unterbezahlte Halbtagsstelle halten Sie mir bitte bis kurz vorm Rentenalter frei.«

oder

»Spätestens in fünf Jahren leide ich unter einem veritablen Burnout und falle für mindestens ein Jahr aus.«

Wenn ich ehrlich bin, reizen würde es mich schon, in die Zukunft zu reisen. Nicht in meine eigene. Oh Gott nein! Ich möchte gar nicht sehen, was der Zahn der Zeit mit meiner Haarfarbe, meiner Haut und meinem Bindegewebe anstellt.

Aber sagen wir mal zweihundert Jahre weiter. Wie sähe unser Leben im 23. Jahrhundert aus? Hätten wir es klimatechnisch verkackt oder doch nochmal die Kurve gekriegt?

Wenn ich wetten müsste, würde ich auf die Natur tippen, denn die schert sich einen Dreck um uns, und das zu Recht.

Ein weiterer Riegel Schokolade verschwindet Stück für Stück zwischen meinen Zähnen und schmilzt auf meiner Zunge. Mit einem Mal verfolgen meine Gedanken eine ganz andere Richtung.

Wäre es nicht ebenso interessant in die Vergangenheit zu reisen? Zum Beispiel zurück ins Mittelalter? Ich schüttele den Kopf. Nee, besser nicht! Als Frau mit roten Haaren, würde ich über kurz oder lang auf dem Scheiterhaufen landen. Dann doch besser ins 18. Jahrhundert an den Königshof Ludwig des Soundsovielten. Den ganzen Tag von vorne bis hinten bedient werden, krasse Kleider tragen und coole Perücken. Und dann von einer einfachen Blinddarmentzündung dahingerafft oder durch die Guillotine einen Kopf kürzer gemacht. Okay, auch keine gute Idee.

Dann lieber noch später. Vielleicht zurück an den Anfang des letzten Jahrhunderts. Bestimmt lebte man damals sorgenfreier.

Zwar ohne Computer, Smartphone und Internet einerseits, aber auch ohne den Zwang der ständigen Erreichbarkeit und dem Ballast von belanglosen Chats und ellenlanger unnötiger Meetings.

Puh, knifflig. Ich bin mir nicht sicher, ob ich tatsächlich würde tauschen wollen. Vielleicht ist das 21. Jahrhundert doch nicht das schlechteste Zeitalter, um zu leben.

Ich rufe mir ins Gedächtnis, dass es nur um eine Reise geht, mit Hin- und Rückflugticket. Also eine Stippvisite, ohne langen Aufenthalt. Würde sich trotzdem irgendetwas ändern?

Hätte mein Besuch in der Vergangenheit, und sei er auch noch so kurz, Einfluss auf die Gegenwart? Würde ich Kriege, den Abwurf der ersten Atomraketen oder den Bau der Berliner Mauer verhindern können? Hätte ich überhaupt irgendetwas bewirken können?

Ich versuche den dicken Kloß, der sich von jetzt auf gleich in meinem Hals bildet, runterzuschlucken und die Tränen wegzublinzeln, die sich langsam aber unaufhaltsam ihren Weg bahnen. Keine Chance.

Ohne dass ich es verhindern kann, kullern sie meine Wangen hinunter und tropfen ungebremst von meinem Kinn auf das Papier in meinen Händen. Ich gäbe ohne zu zögern drei Monate, was sage ich, ein ganzes Jahr, für diesen einen Augenblick. Diesen Moment vor mittlerweile fünf Jahren, in dem ich mich geweigert hatte, an mein Smartphone zu gehen. Und nur weil ich so wütend war auf meine Eltern und so verdammt stur!

Meine Mutter mochte es nicht, wenn dicke Luft zwischen uns dreien herrschte. Immer war sie es, die nach einer Auseinandersetzung bei mir anrief, um nochmal in Ruhe über alles zu reden. Aber dieses eine Mal wollte ich sie schmoren lassen und mir nicht anhören müssen, dass sie schließlich nur mein Bestes wollten. Das Sven mich nur ausnutzen und es früher oder später ein böses Erwachen für mich geben würde.

Es gab kein böses Erwachen. Nein, es war ein Fausthieb in meine Magengrube, als am nächsten Morgen zwei Beamte der Verkehrspolizei vor meiner Haustür standen und mich über den tödlichen Verkehrsunfall meiner Eltern in Kenntnis setzten. Hätte das Telefonat mit meiner Mutter den Unfall verhindert? Diese Frage quält mich noch heute.

Ich jedenfalls hatte die Chance vertan, mich mit meinen Eltern zu versöhnen. So hatten wir die letzten Worte im Zorn gesprochen, denn ich hatte ihnen vorgeworfen, dass sie mir mein Glück nicht gönnen würden.

Dieses beschissene, verlogene und auf Pump gekaufte Glück, das keine sechs Monate später wie ein Kartenhaus in sich zusammenfiel und mich mit einem Riesenberg von Schulden zurückließ.

Wütend wische ich mir die Tränen ab und putze meine Nase. Ein sarkastischer Gedanke schiebt meine Trauer an die Seite und stellt sich in den Vordergrund meiner Überlegungen. Es würde vollkommen ausreichen, zurückzureisen zu dem Tag, an dem ich Sven kennengelernt hatte. Anstatt ihn zu küssen und ihm anschließend mit Haut und Haaren zu verfallen, würde ich ihn gezielt dahin treten, wo es richtig wehtut. Damit hätte ich zwar auf den besten Sex meines bisherigen Lebens verzichten, mir aber auf jeden Fall eine Menge Ärger erspart.

Hätte, hätte Fahrradkette. Ich putze mir die Nase und greife nach dem nächsten Riegel. Auf zu Nummer sechs, dem letzten Paragraphen des Vertrages.

## § 6

*Es können keine Wünsche zum Erwerb paranormaler Fähigkeiten erfüllt werden, als da wären Unsterblichkeit oder Superkräfte jeglicher Art.*

Schade, ich werde also nicht als neue *Superwoman* in die Geschichte eingehen. Somit wird mir weder die Ehrenbürgerurkunde meines Ortes noch das Bundesverdienstkreuz verliehen. Darauf kann ich gut und gerne verzichten, denke ich nur eine Sekunde später. So ein superenges, figurbetontes Outfit in greller Farbe würde mir ohnehin nicht stehen, und ich hasse Polyester. Zudem der ganze Stress, immer die Welt retten zu müssen. Nee, das wäre mir auf die Dauer zu anstrengend. Und wie hieß es schon bei Highlander: Who wants to live forever?

Meine Tasse ist inzwischen leer und die halbe Tafel Seelentröster ist auf wundersame Weise verschwunden. Leider wird sie, nachdem ich sie verstoffwechselt habe, an einer äußerst unvorteilhaften Stelle wieder zu Tage treten. Es sei denn ...

Nachdenklich betrachte ich das Stück blassrosa Papier, das ich eigentlich mit dem letzten Schluck Kaffee im Papierkorb verschwinden lassen und damit die Episode Angel, die Wunsch-Erfüllerin abschließen wollte.

Meine Mundwinkel wandern nach oben und ein schelmisches Grinsen breitet sich auf meinem Gesicht aus. Ob ich es doch einfach mal ausprobieren sollte? Wer nicht wagt, der nicht gewinnt. Obwohl ich, wenn ich es wage, verlieren werde, und zwar genau drei Monate. Schnell rechne ich im Kopf aus.

Rein statistisch gesehen, werde ich 82 Jahre alt. Mein Verstand lacht laut auf. Wahrscheinlich hat er gerade Meldung von meiner Lunge und meiner Leber erhalten. Doch ich ignoriere das jetzt völlig und rechne weiter. Reichen mir auch 81 ¾ Jahre? Ich überfliege erneut den Paragraphen Nummer drei. Verdammt, denke ich, keine Chance. Doch dann habe ich eine Idee. Vielleicht klappt es ja, ihn zu überlisten, wenn ich meinen Wunsch auf eine Sache konzentriere, anstatt auf meinen Körper. Ob es funktioniert hat, würde ich erst morgen sehen. Mein Verstand, mittlerweile wieder voll mit im Spiel, meldet sich erneut zu Wort: »Mensch Lisa, aufwachen. Das kannst du doch alles nicht ernsthaft glauben.«

Ernsthaft nicht, gebe ich ihm Recht, aber welcher Lottospieler glaubt ernsthaft daran, den Jackpot zu knacken, bei einer Chance von eins zu zig Millionen?

Ach, komm Lisa, überrede ich mich selbst, einen Versuch ist es wert. Ich lege mir die Worte zurecht und spreche den Wunsch laut aus, so wie Angel es mir erklärt hat.

 **Kapitel vier**

Erwartungsvoll stelle ich mich am Montagmorgen auf die Waage, und ... tatsächlich, sie zeigt exakt fünf Kilo weniger an, als ich sie das letzte Mal betreten habe. Ha, denke ich für eine Millisekunde, dem §3 habe ich ein ordentliches Schnippchen geschlagen. Aber wieso ist dieser kleine ungemein hartnäckige Rettungsring, der mich aussehen lässt, wie die kleine Schwester des Michelin-Männchens, immer noch da? Diese unnötige und unschöne Ausbuchtung meiner Körpermitte zwingt mich, meine T-Shirts und Blusen immer nur lässig über den Hosenbund zu tragen.

Figur umschmeichelnd, auch so ein Begriff aus der Modebranche, der nichts anderes bedeutet als Wampe kaschieren. Dabei sind meine Hüften gar nicht so breit und mein Po auch recht ansehnlich. Aber Blusen ab Größe 42 sind im Rücken extraaaaa lang geschnitten, um auch ja dieses Körperteil zu verdecken.

Ich straffe meine Schultern und ziehe den Bauch ein. Okay, ich habe meine Lektion gelernt. Die Paragraphen überlisten zu wollen kann ich getrost abhaken.

Meine Enttäuschung darüber hält sich in Grenzen. Denn eins hat mir dieser Testballon, den ich habe steigen lassen, gezeigt: Meine Wünsche werden tatsächlich umgesetzt. Nun muss ich einfach besser darin werden, sie zu formulieren, sodass sie mir auch wirklich von Nutzen sind.

Der Vormittag dieses öden Wochenbeginns ist erstaunlich schnell geschafft. Die Büroschönheiten sind zum gemeinsamen Mittagessen in der Stadt unterwegs und mein Chef hat einen Termin außer Haus. Ich habe das Büro also ganz allein für mich. Zeit und Gelegenheit, um das Formulieren von Wünschen zu üben. Natürlich erst einmal nur in Gedanken, denn ich möchte nicht den Anfängerfehler begehen, vor dem mich Angel gewarnt hat. Ich lege die Füße auf den Schreibtisch, schließe die Augen und los geht's.

Ich wünsche mir, dass mein Chef mein Potenzial sieht? Wozu? Damit er mir nur noch mehr Arbeit auf den Schreibtisch packt?

Ich wünsche mir, dass mein Chef mich vor allen lobt. Und dann? Shitstorm, Getuschel, böse Blicke der Kolleginnen?

Ich wünsche mir, dass mein Chef mein Gehalt erhöht. Dieser Wunsch würde § 1 zum Opfer fallen.

GRRR! Mann, das ist ganz schön verzwickt. Ich muss höllisch aufpassen und mir genau überlegen, was ich will, sonst tappe ich wirklich in die Falle und verhökere zu viele Wünsche, ohne wirklich erkennbaren Mehrwert. Der Wunsch sollte schon eine langfristige Investition sein. In mich, in meinen Körper, in... ich hab's! Ich wünsche mir den Stoffwechsel meines vierzehnjährigen Nachbars. Jonas kann essen wie ein Scheunendrescher ohne auch nur ein Gramm zuzunehmen.

Bist du dir sicher? , fragt mich mein Verstand. Nachher bekommst du Pickel und fettige Haare. Und stinkst wie ein Puma.

Okay, gebe ich ihm Recht, vielleicht doch keine gute Idee. Ich nehme die Füße vom Schreibtisch und öffne die Augen. Warum wünsche ich mir all diesen Quatsch? Was soll ich damit? Vielleicht liegt es daran, dass ich hier in diesem stickigen Büro die Mittagspause verplempere. Ich schnappe mir meine Jacke, einen Apfel und gehe nach draußen. Unser Büro liegt mitten in der Stadt. Einerseits nur wenige Gehminuten von der Fußgängerzone, andererseits nur fünf Minuten vom alten Friedhof entfernt. Ich schlage den Weg dorthin ein, wo ich in Ruhe nachdenken und mir keiner dazwischen reden kann.

43

Es ist ein sehr großer und wunderschöner Friedhof, mit altem Baumbestand und einem wahren Labyrinth aus Hecken, Wegen und verborgenen Inseln der Stille. Sobald man das schmiedeeiserne Eingangstor durchschreitet ist es so, als beträte man eine andere Welt. Der Lärm der Autos auf der Straße wird sofort vom Rauschen der Blätter der mächtigen Baumkronen übertönt. Der feine, hellrote Kies knirscht leise unter meinen Schuhsohlen, das Klopfen des Spechtes lässt mich aufhorchen und nach ihm Ausschau halten. Überall um mich herum summt und brummt es.

Nach der Beerdigung meiner Eltern habe ich mir geschworen, nie wieder einen Friedhof zu betreten. Dies gelingt mir soweit auch, bis auf die Ausnahmen, an denen mich meine Schwester dazu zwingt, ein paar Blumen am Grab der beiden abzulegen: Am ihrem Todestag, an Weihnachten und zu ihren Geburtstagen. Ich hasse diese Gedenktage.

Laura ist drei Jahre älter als ich und das komplette Gegenteil von mir. Erfolgreich im Beruf, verheiratet mit einem angesehenen Anwalt, Mutter eines kleinen pfiffigen Kerlchens namens Paul. Habe ich schon die Traumvilla am Stadtrand und den A6 erwähnt?

Unsere Eltern haben stets hart gearbeitet und auf vieles verzichtet, um uns eine gute Bildung zu ermöglichen. Laura hat die in sie gesetzten Hoffnungen erfüllt, was sage ich, bei weitem übertroffen. Ich hingegen habe es voll verkackt. Mein beruflicher Ehrgeiz hält sich in Grenzen, während Laura klare Ziele hat und diese konsequent verfolgt. Bin ich neidisch auf sie? Manchmal. Will ich mit ihr tauschen? Jein. Auto und Villa gerne, den stressigen 60-Wochenstunden-Job niemals.

Laura wusste von dem Streit, den ich am Vorabend mit unseren Eltern gehabt hatte. Sie hat mir nie einen Strick daraus gedreht, mir nie die Schuld am Tod unserer Eltern gegeben. Diesen Verwurf habe ich mir selbst unzählige Male gemacht. Hatten sich die beiden noch weiter über mich gestritten? Waren sie deshalb unkonzentriert und hatten in Folge dessen zu spät reagiert?

Nächtelang hatte mich dieses Gedankenkarussel keinen Schlaf finden lassen. Der Abschlussbericht der Verkehrspolizei hingegen war eindeutig: Nasse Fahrbahn, feuchtes Laub und die Borsten am Nummernschild ihres Autos konnten eindeutig einem Wildschwein zugeordnet werden. Meine Eltern waren einfach zur falschen Zeit am falschen Ort gewesen.

Den Friedhof, auf dessen Wege ich gerade entlang schlendere, kann ich nur so ungezwungen aufsuchen, weil meine Eltern hier nicht begraben liegen.

Ich erreiche meinen Lieblingsplatz: Eine alte Holzbank, nahe dem Stamm einer riesigen Trauerweide. Man muss sich ein wenig bücken, um unter den tiefhängenden Zweigen hindurch zu diesem Platz zu gelangen. Wie eine schützende Haube umgeben mich ihre Äste und sperren alle meine Sorgen aus.

Am Abend steht Angel unangemeldet vor meiner Haustür. Ich wundere mich darüber, dass diese Tatsache mich nicht verwundert und ich stattdessen Angel hereinbitte, als wäre sie eine alte Freundin. Doch sie macht den Vorschlag, spazieren zu gehen, da das Wetter ihrer Meinung nach geradezu dazu einladen würde.

Spazieren gehen, einfach so? Nicht um irgendwo hinzugelangen, etwas zu besorgen oder zu erledigen? In meinen Augen eine sinnlose Zeitverschwendung.

»Ja, einfach so«, beantwortet Angel meine unausgesprochenen Fragen.

Ich zucke die Schultern und schnappe mir meine Jacke. Ich bin froh, dass sie nicht Nordic Walking vorgeschlagen hat. Mit Skistöcken durch den Stadtpark tapern, ohne mich!

Ich könnte mich immer wegschreien, wenn ich diese überambitionierten Frauentrüppchen sehe. Voll geschminkt, in grellen, engen Neonoutfits und ohne Unterbrechung quatschend, die Stöcke entweder Klack-Klack-Klack viel zu feste auf den Asphalt rammend oder lustlos über den Boden hinter sich her schleifend. Beide, aus orthopädischer Sicht, fragwürdigen Varianten, machen Geräusche, die einen echt den letzten Nerv rauben können.

»Dann mal los«, sage ich und ziehe die Tür hinter uns ins Schloss.

Ich hole meine Zigarettenschachtel hervor und zünde mir eine Zigarette an.

»Würdest du dir nicht wünschen, damit aufhören zu können?«

»Womit?«, frage ich irritiert.

»Na, damit«, sagt Angel und tut so, als würde auch sie einen Glimmstängel in der Hand halten.

Ich werde rot, denn ich fühle mich ertappt, wie ein kleines Mädchen, das verbotenerweise von der Sahnetorte genascht hat. Der zweite Zug, den ich nehme, schmeckt entsprechend schlecht. Ich überlege wann und vor allen Dingen warum ich eigentlich mit dem Rauchen angefangen habe. Auf beides suche ich verzweifelt eine Antwort. Angel wertet mein Schweigen wohl als Eingeschnappt sein, denn sie sieht mich verlegen an.

»Da... das sollte kein Vorwurf sein, sondern ein Vorschlag, eine Idee, was du dir wünschen könntest.«

»Also, eher ein Coaching.«

»Richtig«, bestätigt Angel erleichtert. »Entweder haben meine Kunden ganz außergewöhnliche Wünsche oder sie haben Schwierigkeiten überhaupt welche zu formulieren. Obwohl es doch ganz einfach ist.«

»Ist es das?«

Ich denke an meine kläglichen Versuche in der heutigen Mittagspause, einen ordentlichen Wunsch zu formulieren und mein Scheitern am § 3.

»Also, ich finde es verdammt schwer.«

»Man muss sich doch nur etwas wünschen, was einem gut tut und einen glücklich macht.«

»Und du meinst, es würde mich glücklicher machen, wenn ich Nichtraucherin wäre?«, überlege ich laut.

»Ich denke schon«, meint Angel, »stell dir vor: eine saubere Lunge, ein gesundes Herz, bessere Ausdauer, kein Mundgeruch, weißere Zähne, saubere Fingerkuppen, feineres Hautbild, eine höhere Lebenserwartung ...«

»Ja, ja«, unterbreche ich Angels Aufzählung, die sich wie ein Vortrag eines überambitionierten Mediziners anhört.

»'ntschuldigung«, sagt sie kleinlaut, »ich schieße manchmal übers Ziel hinaus.«

Angel sieht wirklich zerknirscht aus, was wiederum mir ein schlechtes Gewissen bereitet.

»Okay, ich gebe mich geschlagen. Deine Argumente sind nicht von der Hand zu weisen. Du hast sogar noch vergessen zu erwähnen, dass ich jede Menge Kohle sparen würde, wenn ich auf 's Qualmen verzichten würde«, ergänze ich und drücke die Zigarette aus. In einem Anflug von Euphorie schmeiße ich auch gleich den Rest der Packung in den nächsten Papierkorb.

»Perfekt«, sagt Angel und klatscht in die Hände.

»Dann könnten wir daraus einen ersten Wunsch formulieren.«

»Wie jetzt?«, frage ich, obwohl mir schwant, worauf Angel hinaus will.

»Wäre es nicht wünschenswert Nichtraucherin zu sein?« Ist das jetzt eine rhetorische Frage?

»Ich weiß nicht. Muss ich mich denn sofort entscheiden?«, antworte ich zögerlich.

»So schwer ist das nicht«, meint Angel, »sprich mir einfach nach: Ich wünsche mir, Nichtraucherin zu sein.«

»Das kann ich nicht«, jammere ich.

»Doch, das kannst du. Ich wünsche mir Nichtraucherin zu sein«, wiederholt Angel.

»Ich wünsche mir ... noch eine letzte Zigarette.«

»Lisa.«

»Schon gut, schon gut.«

Ich hole tief Luft.

»Ich schaffe das. Ich schaffe das. Ich... schaffe das nicht.«

»LISA!«

»ICH WÜNSCHE MIR, NICHTRAUCHERIN ZU SEIN!«

»Na siehste, geht doch«, sagt Angel und ist wieder die Ruhe selbst, während mich echte Panik ergreift. Habe ich den Wunsch tatsächlich laut ausgesprochen? Angels zufriedenem Gesichtsausdruck nach urteilen zu urteilen muss es so gewesen sein.

Okay Lisa, bleib ruhig. Zur Not kannst du dir ja wieder das Gegenteil wünschen. Ich versuche diesen Gedanken so gut es geht, vor Angels allzu empfindlichen Antennen zu verbergen und bemühe mich, sie auf andere Gedanken zu bringen.

»Also, lass hören«, fordere ich meinen neuen Coach auf, »was hast du sonst noch auf dem Kasten?«

\*

Als mich Angel zwei Stunden später an der Haustür verabschiedet, qualmt mir der Kopf und ich bräuchte unbedingt eine Zigarette, um meine Gedanken zu sortieren. Warum nur musste ich gleich die ganze Packung entsorgen, anstatt nur die eine Zigarette? Warum nur muss ich auch immer zu impulsiv und unüberlegt handeln, was mich in diesem Fall drei weitere Monate Lebenszeit gekostet hat. Okay, gegengerechnet mit einer höheren Lebenserwartung vielleicht gar kein so schlechter Deal.

Aber, wird mein Körper meinen Wunsch bedingungslos akzeptieren oder wird er mich mit Entzugserscheinungen und Heißhungerattacken quälen? Wenn ja, dann werde ich wohl eine verdammt dicke Nichtraucherin. GRR!

Ich fahre mir mit den Fingern durch meine roten Locken. Es ist immer dasselbe! Ich agiere erst und überlege danach, anstatt anders herum. Dieses Verhalten zieht sich wie ein roter Faden durch mein bisheriges Leben und ich scheine nichts dazu zu lernen.

Ich wünschte, ich hätte ein zweites Ich, das mich am Hosenbund fassen würde, wenn ich mal wieder zu schnell vorpreschen möchte. Eine Sache in Ruhe betrachten, Vor- und Nachteile abwägen und dann eine Entscheidung treffen. Würde ich endlich so handeln, könnte ich mir verdammt viel Ärger ersparen. Noch immer lasten die Auswirkungen meiner bisherigen Fehlentscheidungen schwer auf meinen Schultern beziehungsweise auf meinem Konto. Meine Unterschrift zierte all diese leichtsinnigerweise abgeschlossenen Verträge – den Mietvertrag für eine viel zu große Wohnung, den Leasingvertrag für ein viel zu teures Auto, die Ratenvereinbarung für ein viel zu großes Flatscreen-Monster – und überall war meine Bankverbindung angegeben.

Liebe macht bekanntlich blind, und ich war Meisterin darin gewesen, meine Augen vor dem wachsenden Problem zu verschließen. Bis zuletzt hatte ich gehofft, dass sich alles zum Guten wenden würde. Dass Sven nur noch ein wenig Zeit bräuchte, um sich klar darüber zu werden, was er an mir hatte.

Umso härter war die Bruchlandung, die ich erlitt, als er mir den endgültigen Laufpass gab und sich mit einem lässigen »Mach's gut, Lisa.« aus meinem Leben verabschiedete, um kurz danach seine Verlobung mit der Tochter eines wohlhabenden Besitzers eines Autohauses bekanntzugeben.

Ich hingegen musste Privatinsolvenz anmelden. Nach dem Auszug aus dem Appartement passte mein Besitz in einen Koffer. Hätte meine Schwester mich nicht aufgenommen, wäre ich auf der Straße gelandet.

Laura stellte keine Fragen und machte mir keine Vorwürfe á la »Habe ich es dir nicht gesagt!«, was ich ihr bis heute hoch anrechne, obgleich wir immer noch ein recht angespanntes Verhältnis zueinander haben. Sie ist der Meinung, ich könnte viel mehr aus mir und meinen Fähigkeiten machen, wenn ich nur endlich in die Pötte käme.

Ihrem Mann habe ich es zu verdanken, dass eine praktikable Lösung gefunden wurde, die alle Gläubiger zufrieden stellte und mich mit einem halbwegs blauen Auge davon kommen ließ.

In nicht allzu ferner Zukunft wird der Schuldenberg getilgt und ich wieder Herrscherin über mein komplettes Gehalt sein.

Angels Ansichten über das Wünschen haben mich nachdenklich gestimmt. Für mich war klar, dass Glück mit einem gewissen Wohlstand zusammen hing. Wer arm ist kann doch nicht wirklich glücklich sein, oder? Glück kann man nicht kaufen, hatte meine Oma immer gesagt. Hatte sie Recht oder galt das nur für ihre Generation, die froh war, den Krieg überlebt zu haben? Zudem fühle ich mich heute Abend in meine Schulzeit zurückversetzt, denn ich habe von Angel eine Art Hausaufgabe bekommen, die es bis zu unserem nächsten Treffen zu erledigen gilt. Ich soll die Momente aufschreiben, an denen ich mich gut fühle und notieren, was dazu geführt hat.

Ich würde schon glücklich sein, wenn ich den Rest Woche hinter mich gebracht hätte und es endlich Freitag wäre.

Schließlich habe ich dann mein erstes Date mit Maik. Ich hoffe doch sehr, dass sich dieser Moment lohnt, schriftlich festgehalten zu werden.

Der Dienstag vergeht, ohne dass ich auch nur einen einzigen positiven Moment erlebe, der es wert gewesen wäre, zu Papier gebracht zu werden. Vielmehr gehen mir alle tierisch auf den Senkel.

Zudem kündigt sich meine Regelblutung an. Eindeutige Anzeichen: Schlechte Laune, Heißhunger auf Schokolade und vor allen Dingen, ein heftiges Ziehen im Unterleib, dass mich die halbe Nacht lang wach gehalten hat.

Hey, geht es mir in diesem Moment durch den Kopf, wenn das nicht geradezu ein perfekter Anlass für die Formulierung eines Wunsches ist! Ich rufe mir nochmal den genauen Wortlaut von § 3 ins Gedächtnis. Es wäre streng genommen keine Veränderung an meinem Körper, sondern das Weglassen von unnötigen und schmerzhaften Begleiterscheinungen eines regelmäßig wiederkehrenden Vorgangs, den ich ja nicht komplett abstellen, sondern nur lindern möchte.

Meiner Meinung nach steht der Befreiung von diesen lästigen Nebenwirkungen für die Befähigung, Kinder in die Welt zu setzen, nichts im Wege. Außerdem würde die Erfüllung umgehend dafür sorgen, dass ich einen Moment beschreiben könnte, an dem ich mich absolut wohl fühle.

Meine Laune steigt schlagartig. Aber würde Angel mich überhaupt verstehen? Würde sie meinen Wunsch nachempfinden können oder quälten sie, als vermeintliche Fee, derlei Probleme überhaupt nicht? Ich bin ratlos, was meiner eben erst gewonnenen guten Stimmung einen gehörigen Dämpfer verpasst.

Einmal mehr wünschte ich mir, Maja würde immer noch um die Ecke wohnen. Mit ihr hätte ich über alles reden können. Sogar über diesen ganzen Wünsche-Quatsch. Ihre Antwort würde wie folgt lauten:

»Drei Monate opfern und dafür schmerzfrei durch die Tage. Und da überlegst du noch?«

Ich muss grinsen. Dann folgt ein tiefer Seufzer: Maja. Sie und ich wir waren die besten Freundinnen, schon immer, vom Kindergarten an. Unzertrennlich, bis Mark, dieses schnuckelige Kerlchen, ihr den Kopf verdreht, sie mir entrissen und weit ans andere Ende der Republik entführt hat, kaum dass wir die Zwanzig überschritten hatten. Ich kann ihm nicht mal böse sein.

Mit Mark wäre auch ich ans Ende der Welt gezogen. Auf die Färöer Inseln, nach Timbuktu oder an den südlichen Polarkreis Schneeflocken zählen. Ich habe es ihr von ganzem Herzen gegönnt, aber mir auch. Doch leider hatte Mark weder einen ebenso schnuckeligen Zwilling noch einen einigermaßen respektabel aussehenden Bruder.

Maja, ich vermisse dich! Seit deine beiden Mädels auf der Welt sind sehen wir uns noch viel seltener. Sollte ich einen Wunsch formulieren, der sie aus Marks Fängen befreit und zurück in meine Arme holt? Dann könnten wir wieder um die Häuser ziehen, wie früher. Aber würde Maja das noch wollen?

Zudem kommen mir gleich zwei Paragraphen in den Sinn, gegen die mein egoistischer Wunsch verstoßen würde: § 2 und 5.

Natürlich möchte ich Maja und ihrer kleinen Familie nicht schaden. Und sollte man wirklich versuchen, die Zeit zurückdrehen? Oder wäre dann alles nur ein billiger Abklatsch?

Ein schlechtes Remake einer unvergesslichen Zeit, eines furiosen Lebensabschnittes, der nicht zurückzuholen ist, egal wie sehr man sich das auch wünscht? Es gibt im Leben nun mal keinen Pause-Knopf, um es anzuhalten und auch keine Rewind-Funktion.

Auch wenn die derzeitige Musikszene sich das immer mehr zu wünschen scheint, wenn man sich die – egal ob deutsche oder englische – Texte anhört. Nur Sarah Connor fragt: »Könn'n wir bitte bitte vorspulen?«

Alles hat seine Zeit, zitiere ich in Gedanken meine Oma. Zeit zu lachen, Zeit zu weinen, Zeit zu träumen, Zeit zu lieben und Zeit, sich an alles zu erinnern. Erinnerungen zu schaffen, darauf kam es ihrer Meinung nach letztendlich an und nicht, endlose Wiederholungen zu erzwingen. Recht hat sie. Ich stoße in Gedanken mit ihr an.

Da Angel ihren Coaching-Job sehr ernst nimmt, steht sie auch am Dienstagabend vor meiner Haustür. Erneut gehen wir spazieren und ich packe die Gelegenheit beim Schopf, ihr meinen Wunsch mitzuteilen.

»Angel«, beginne ich zaghaft und fühle mich augenblicklich zurückversetzt in den Moment, in dem ich mein erstes Gespräch beim Frauenarzt hatte. Ich versuche, die richtigen Worte zu finden. Mensch, Lisa! Du nimmst doch sonst auch kein Blatt vor den Mund. Nu los, raus mit der Sprache!

»Also, es geht um meine Tage.«

Angel zieht beide Augenbrauen hoch.

»Na, du weißt schon, die besonderen Tage. Jeden Monat, eine Woche lang.«

»Du meinst deinen Flurdienst?«

Nein, stöhne ich innerlich, obwohl ...

Den Gedanken, der mir gerade in den Sinn kommt, schiebe ich beiseite. Ansonsten laufe ich Gefahr, den Faden zu verlieren.

»Möchtest du von dieser Pflicht entbunden werden?«

»Ja, äh nein. Ich möchte von etwas anderem erlöst werden.«

»Und das wäre?« Angel sieht mich erwartungsvoll an.

»Es geht um die Regelblutung, die uns Frauen Monat für Monat quält.«

»Aha«, meint Angel und mich beschleicht das Gefühl, dass sie nicht wirklich weiß, worüber ich gerade rede.

»Egal jetzt, es wäre zu aufwendig, dir die ganze Problematik zu erklären. Fakt ist, jeden Monat befallen mich für circa zwei bis drei Tage heftige Unterleibsschmerzen, gepaart mit schlechter Laune und Heißhungerattacken auf alles Süße. Mein Wunsch ist es, nicht mehr unter diesen lästigen Begleit-erscheinungen zu leiden.«

»Okay«, quittiert Angel meinen Wunsch, ohne weitere Fragen oder Anmerkungen. Also, war das jetzt schon mein zweiter Wunsch oder bereits mein dritter?   Ob Angel wohl Buch darüber führt? Jede Wette! Wie sonst könnte sie den Überblick behalten? Ich nehme mir vor, ebenfalls eine entsprechende Excel Tabelle anzulegen.

Ob ich Angels einzige Kundin bin? , geht es mir gerade durch den Kopf.   Sie hat gesagt, dass sie noch nicht lange im Geschäft ist. Ich muss grinsen. Das habe ich bereits beim Aushandeln des Deals bemerkt, als ich sie von zwölf auf gerade mal drei Monate Lebenszeit pro Wunsch runtergehandelt hatte.

Sie baut sich bestimmt gerade erst einen Kundenstamm auf, um dann Key Account Manager zu werden. Ein Titel unter dem sich die Hälfte aller Deutschen nichts vorstellen kann.

Ich hatte zwar meinen Wunsch bereits geäußert, aber unsere Coaching- beziehungsweise Spazierstunde ist noch nicht beendet. Und so nutze ich die restliche Zeit, um ein wenig mehr über Angel zu erfahren.

»Wie lange bist du schon als Wunsch-Erfüllerin tätig?«

»Seit einem halben Jahr.«

»Gibt es eine entsprechende Ausbildung oder musstest du irgendeine Prüfung ablegen?«

»Ich wurde in Kommunikation geschult. Eine schriftliche Prüfung musste ich aber nur im Fach Vertragsrecht ablegen.«

»Und, gleich auf Anhieb bestanden?«

Ich denke an meine Fahrprüfung zurück. Theorie dreimal vergeigt, aber Praxis sofort geschafft. Dank Papas zusätzlicher Fahrstunden auf diversen einsamen Feldwegen.

»Ja.« Angel errötet. »Mit Auszeichnung.«

Mit was auch sonst!?

»Betreust du eigentlich neben mir noch andere Kunden?«

Angel nickt.

»Knapp fünfzig«, sagt sie leichthin.

Wow, nicht schlecht. Mir reichen meine zwanzig vollauf. Denn die haben immer irgendwelche Sonder-wünsche, die mein Chef ihnen zusagt, nur um seine Ruhe zu haben. Ich bin dann diejenige, die zusehen muss, wie ich die irgendwie erfüllen kann.

»Wie viele von euch gibt es eigentlich in eurem Verein?«

»Verein?«

»Ich meine, für wen arbeitest du?«

»Für dich.«

»Nein, ich meine, wer ist dein Auftraggeber.«

»Na du.«

Entweder die sonst so gescheite Angel will mich nicht verstehen oder sie verschweigt es mir absichtlich. Mich beschleicht das Gefühl, das sich Angel mittlerweile von meinen bohrenden Fragen in die Enge getrieben fühlt. Deshalb belasse ich es dabei, jedenfalls für heute.

 **Kapitel fünf**

**M**aik erzählt und erzählt und erzählt. Dass er nicht noch Fotos auf den Tisch knallt – mein Auto, mein Haus, meine Jacht – ist alles. Aber, das ist es gar nicht was mich stört. Es ist... ach ich weiß es ja selber nicht! Hier sitzt Mr. Allright direkt vor meiner Nase, ich muss nur lächeln und zuhören und zuschnappen ... und ich überlege, ob das Restaurant einen Hinterausgang hat.

Nein, das tust du nicht Lisa, meldet sich umgehend mein Gewissen, das gehört sich nicht! Ich wünschte... STOPP! Kein anderer ist Schuld an dieser Situation, außer dir selbst. Du wolltest dieses Date, also stehe es durch oder beende es. Flüchten gilt nicht.

»Maik«, beginne ich zaghaft, doch es reicht aus, um den Redefluss meines Gegenübers ins Stocken zu bringen. Seine Überraschung ist ihm deutlich anzusehen. Er ist es offensichtlich nicht gewohnt, unterbrochen zu werden, doch darauf kann ich keine Rücksicht nehmen, denn ich möchte nach Hause, und zwar jetzt. Nicht in einer Stunde, nicht morgen früh, jetzt.

»Maik«, setze ich erneut an und bemühe mich, einen besonders freundlichen Ton anzuschlagen.

»Du bist ein ...« – Sag jetzt bloß nicht: Netter Kerl –

»... toller Mann und wow, du siehst super aus.« Maik lächelt. Noch.

Während mein Gehirn verzweifelt an weiteren schmeichelhaften Formulierungen arbeitet, wartet mein Gegenüber zunehmend nervöser auf weitere Komplimente. Und obwohl er auf einer Skala von eins bis zehn, definitiv eine Zwölf ist, wollen die mir einfach nicht über die Lippen kommen.

Diese Erkenntnis setzt bei ihm nach circa zehn Sekunden Schweigen meinerseits ein, was deutlich an seinem verwirrten Gesichtsausdruck abzulesen ist.

»Ich ... es ...«

Mann, Angel hilf mir doch mal! , bitte ich im stillen.

»Ich rede zu viel, ist es das?«, will Maik wissen.

Ich schüttle den Kopf.

»Du hast eine angenehme Stimme und kannst wunderbar erzählen.«

»Gefällt dir das Restaurant nicht? Wir kön...«

»Nein, es ist perfekt.«

»Was ist es dann?«

Angel scheint derzeit anderweitig beschäftigt zu sein, und meine Schaltzentrale steckt im Low Power Stand by Modus fest.

»Es tut mir leid, wirklich. Ich weiß auch nicht ...«

»Bitte jetzt kein aber«, sagt Maik schnell.

In diesem Moment wünschte ich mir, ich wäre doch feige gewesen und hätte mich durch den Notausgang verpieselt. Denn dies hier ist ein absoluter Notfall! Mir ist diese ganze vertrackte Situation unglaublich peinlich und ich würde sie Maik liebend gerne ersparen. Er ist gekränkt und das ist das Letzte was ich wollte. Erneut senkt sich eine unangenehme und bedrückende Stille über unseren Tisch, über den bis vor einer Minute noch die gute Laune über Maiks lustige Anekdoten aus seiner Studienzeit in der Luft schwebte. Schließlich räuspert er sich.

»Ich gehe davon aus, dass du kein zweites Date möchtest?«, fragt er.

Ich senke den Blick und starre auf meine Hände. Ich hole tief Luft, um dann doch nur wortlos den Kopf zu schütteln.

»Wenn ...«, Maik räuspert sich erneut, »also, falls du deine Meinung ändern solltest, du weißt ja, wo du mich findest.«

Mein Kopf deutet ein Nicken an, bleibt aber weiter in der Versenkung, unfähig ihm in die Augen zu schauen. Ich höre, wie er den Stuhl zurückschiebt. Mein Kopf löst sich endlich aus seiner Starre.

»Maik, ich ...«, aber weiter komme ich nicht.

»Lass gut sein, Lisa.«

Unsere Blicke treffen sich. Er lächelt tapfer.

»Mach's gut.«

Trotz meiner Zurückweisung ist Maik Gentleman genug, mich nicht mit der offenen Rechnung sitzen zu lassen. Ich kann sehen, wie er an der Theke für uns beide bezahlt. Im Hinblick auf meinen katastrophalen Kontostand erleichtert mich diese Tatsache ungemein, obwohl sie mich andererseits tief beschämt.

Denn Maik trifft keinerlei Schuld an diesem Desaster. Hätte unser Date schon letzte Woche stattgefunden ... wer weiß, aber jetzt war es zu spät.

Mein Verstand schüttelt vor lauter Unverständnis den Kopf und belegt mich mit einer ganzen Tirade von Schimpfwörtern, von denen hoffnungslose Träumerin und hirnlose Spinnerin noch die harmlosesten sind. Soll er nur, ich höre ihm einfach nicht zu.

Vielmehr rufe ich mir das Gespräch in Erinnerung, das ich vor nicht einmal zwei Tagen geführt habe und das mir seitdem nicht mehr aus dem Kopf geht, genauso wenig wie der Kerl, mit dem ich es geführt habe.

Nach einem ereignislosen Dienstag, schwante mir schon auf dem Spurt zum Bus, dass auch der Mittwoch kaum dazu beitragen würde, die von Angel gestellte Hausaufgabe zu erfüllen. Doch es sollte tatsächlich alles ganz anders kommen, als ich es befürchtete.

## Letzten Dienstag

»Kennen wir uns nicht von irgendwo her?«

Sehr zum Missfallen meines Lieblingsbusfahrers, hatte der junge Mann, dem ich diese Frage stellte, dafür gesorgt, dass der Bus nicht losfahren konnte. Er hatte einfach in der Tür verharrt und so konnte diese, nicht wie gewöhnlich, direkt vor meinen Augen geschlossen werden.

»Ist das nicht eigentlich der klassische Anmachsatz von uns Männern?«, stellte er mir gleich die Gegenfrage.

»Stimmt«, gab ich zu, »meist noch ergänzt durch den Zusatz: Sagen Sie nichts, ich komme gleich drauf. Jetzt hab' ich es! Letztes Jahr beim Aprés Ski in Sankt Moritz, richtig?«

»Nein ehrlich, daran können Sie sich erinnern?«, ging er auf mein Geplänkel ein.

»Wer kann ein so schönes Gesicht vergessen.«

»Und warum haben Sie mich nicht gleich dort angesprochen?«

Meinem Gegenüber schien unser Rollentausch Spaß zu machen. Ich seufzte theatralisch.

»Ach wissen Sie, die leidige Geschichte. Damals war ich noch verheiratet, auch wenn schon lange nichts mehr lief zwischen mir und meiner Frau. Aber ich hatte es noch nicht übers Herz gebracht, ihr dasselbe zu brechen.«

»Oh, dann sind Sie ja ein wahrer Gentleman und ich kam mich glücklich schätzen, dass sie auf mich aufmerksam geworden sind.«

»Ja, und ich sage das in aller Bescheidenheit, das können Sie!«

»Und von nun an bleibe ich an Ihrer Seite und wir leben glücklich bis das der Frust uns scheidet.«

»Und sie lebten von nun an Happy ever after, Vorhang und Abspann«, beendete ich unser kleines Possenspiel und verbeugte mich tief vor dem bekannten Unbekannten.

»Jetzt weiß ich trotzdem noch nicht, wo ich Ihr Gesicht hinstecken soll.«

»Also, ich habe es ganz gerne dort, wo es sich jetzt befindet, auf der Vorderseite meines Kopfes.«

»Mann, Sie sind ein echter Scherzkeks was?«

»Die einen sagen so, die anderen so.«

Ich hatte mächtig Spaß an unserer lockeren Unterhaltung. Am liebsten wäre ich bis zur Endstation durchgefahren, um mich noch weiter mit diesem jungen humorvollen und zudem gut aussehenden Mann zu unterhalten. Sollte ich einfach sitzenbleiben und blau machen?

Verdammt, warum musste gerade jetzt die Haltestelle kommen, an der ich aussteigen musste. Widerwillig drückte ich den Halteknopf und schnappte mir meinen Rucksack.

»Ich werde schon noch herausfinden, woher ich Sie kenne«, versprach ich ihm während sich die Türen öffneten. Und wenn ich dafür einen Wunsch opfern muss, fügte ich in Gedanken hinzu.

»Viel Glück, Ms. Holmes«, rief er mir hinterher und grinste frech. Ich konnte gerade noch verhindern, dass ich dem abfahrenden Bus hinterherwinkte.

 **Kapitel sechs**

Aufgrund des Fiaskos mit Maik schlafe ich total unruhig. Mein schlechtes Gewissen plagt mich die ganze Nacht. Ich wälze mich im Bett von links nach rechts. Gegen vier Uhr gebe ich auf. An Schlaf ist ohnehin nicht mehr zu denken. Also stehe ich auf und nutze die frühen Morgenstunden für notwendige, in meinen Augen aber eher lästige Arbeiten.

Nachdem ich den Vormittag damit verbracht habe, meinen Haushalt auf Vordermann zu bringen und den auf Mount Everest Niveau angewachsenen Berg Bügelwäsche unter zu Hilfenahme von Ed Sheerans neuer CD abgearbeitet habe, gönne ich mir einen entspannten Nachmittag. Auch mein schlechtes Gewissen hat sich mit diesem Ausbund an Fleiß beschwichtigen lassen.

Deshalb schwebe ich, trotz Nikotinentzugs und dem missglückten Date vom Vorabend, immer noch auf Wolke ... hm ... sagen wir viereinhalb. Und das obwohl Mr. Unbekannt weder am Donnerstag, noch am Freitag im Bus aufgetaucht ist. Dabei hatte ich mich jeden Tag extra fünf Minuten früher auf den Weg gemacht, um ihn auf keinen Fall zu verpassen.

Mein Busfahrer hatte beide Male enttäuscht aus der Wäsche geschaut, da ich ihm dadurch sein allmorgendliches Highlight – mir die Tür vor der Nase zuzumachen – verdorben hatte. Mein Mitleid für ihn hielt sich verständlicherweise in Grenzen.

Ich schnappe mir meine Jacke und meinen Rucksack. Ich werde meine Lieblingsbank unter der Weide aufzusuchen. Ich hoffe, dort in der Abgeschiedenheit ein wenig Ordnung in mein Gefühlschaos bringen zu können, in dem ich mich seit Mittwoch befinde. Die Begegnung im Bus war irgendwie ... magisch.

Ob Angel ihre Finger im Spiel hatte? , schießt es mir durch den Kopf. Quatsch! Sie hatte doch für mein Date am Freitag gesorgt. Da würde sie doch nicht unüberlegt zwischengrätschen. Nein, nicht Angel.

Die Unterhaltung mit Mr. Unbekannt war leicht gewesen, beschwingt und ungezwungen, irgendwie ganz ohne Hintergedanken. So wie es sich bei einem ersten, zufälligen Treffen anfühlen sollte. Ich hatte schon lange nicht mehr so viel Spaß gehabt. Auch wenn es nur wenige Minuten gewesen waren, hatten sie in mir den unbändigen Wunsch ausgelöst, diesen Mann näher kennenzulernen. Ich hoffe sehr, ich bekomme die Gelegenheit dazu.

Allmählich wird es kühl hier im Schatten unter dem undurchdringlichen Blätterdach. Auch mein Magen verlangt nach fester Nahrung und lässt sich nicht mehr nur mit Mineralwasser besänftigen. Ich springe noch schnell in einen Discounter und besorge mir Knabbereien für den Abend. Denn obwohl es Samstag ist, beschließe ich, heute nicht in den Club zu gehen. Einerseits möchte ich auf keinen Fall Maik begegnen, denn das könnte ein peinliches und unangenehmes Aufeinandertreffen werden. Andererseits möchte ich mich nicht unnötig in Versuchung bringen, obwohl ich seit Dienstag tatsächlich keine Zigarette mehr angerührt habe.

Hätte ich Maik vielleicht nicht so vor den Kopf stoßen, sondern ihm eine reelle Chance geben sollen?, geht es mir auf dem Weg nach Hause durch den Kopf. Was, wenn ich Mr. Unbekannt nie wieder sehe, weil er prompt am Mittwochnachmittag in eine Maschine nach Timbuktu gestiegen ist? Wie hoch ist die Wahrscheinlichkeit in einer größeren Kleinstadt einem Menschen zweimal zu begegnen? Es sei denn, er ist dein Nachbar, dein Arbeitskollege oder dein ganz persönlicher Busfahrer.

Verdammt, muss ich mich damit abfinden, dass alles nur ein Traum bleiben und es nur in meiner Fantasie ein Happy End geben wird?

Einen Alptraum der besonderen Art erlebe ich hingegen in der Nacht von Sonntag auf Montag. In einem Wirrwarr von rasend schnell aufeinander folgenden Bildfrequenzen bin ich einer Art Dauerschleife einer Speed-Dating Show gefangen. Aus welcher Sektlaune heraus auch immer, hatte ich mir gewünscht, dass alle Männer mich attraktiv finden sollen. Und nun stritten sie sich förmlich um ein Date mit mir. Aufgrund der hohen Anzahl der Bewerber hatte ich jedoch für jeden von ihnen nur zwei Sekunden Zeit, um meine Entscheidung zu fällen. Schweißgebadet und mit einem lauten »NEIN!« konnte ich mich endlich aus diesem Traum befreien. Damit war die Nacht gelaufen, denn ich hatte Angst davor, erneut einzuschlafen und dass – sobald ich die Augen schloss – das Ganze von vorn anfing.

 Kapitel sieben

Entsprechend unausgeschlafen bin ich am Montag und würde mich am liebsten krank melden. Daher quäle ich mich aus dem Bett und schleppe mich ins Büro. Gnädiger weise lassen mich Regina und ihr Gefolge heute in Ruhe. Ihre verständnislosen Blicke ignoriere ich geflissentlich. Sollen die doch denken was sie wollen!

»Heute nicht«, möchte ich Angel am Abend abwimmeln, aber sie bleibt hartnäckig.

»Gut, kein Spaziergang wenn du nicht möchtest, aber Hausaufgabenkontrolle muss sein.«

Oh Mann, die hatte ich total vergessen. Was sollte ich nochmal notieren? Die Momente, in denen ich mich wohl gefühlt habe. Okay, Aufgabe erledigt: Es gab keine. Aber ... versucht es mein Verstand für eine Millisekunde, bevor er verstummt und sich dezent zurückzieht. Er hat meine Warnsignale in seine Richtung richtig gedeutet. Allmählich lernt er zu schweigen, wenn es besser ist, zu schweigen.

»Erzähl mir von deiner Woche. Erzähl mir von deinem Date.«

Ich will nicht, schreit es in mir. Ich habe es vergeigt. Es ist absolut unnötig, alles nochmal durchzukauen.

Wozu? , frage ich mich. Um das Messer in der Wunde noch einmal genüsslich umzudrehen?

Angel ist augenscheinlich anderer Meinung. Sie lehnt sich mit der Teetasse in der Hand zurück und schaut mich erwartungsvoll an.

»Ich ... es ... « Verdammt. Irgendwann gelingt es meinem Sprachzentrum doch noch ganze Sätze zu bilden und ich rede mir den ganzen Frust der letzten Tage von der Seele. Angel unterbricht mich kein einziges Mal. Sie hört einfach nur zu. Sie schafft das fast so gut wie Maja. Und so fällt es mir mit jedem Satz leichter, mich zu öffnen und Angel an meinen Gefühlen und Gedanken teilhaben zu lassen.

Als ich endlich alles losgeworden bin, fühle ich mich erleichtert. Vielleicht noch nicht wirklich besser, aber doch erleichtert. Angel nippt ein weiteres Mal an ihrem Tee, der in der Zwischenzeit kalt sein müsste.

»Vielleicht sollten wir anders an die Sache herangehen«, meint sie und ich schaue sie abwartend an. »Wir zäumen das Pferd von hinten auf.«

Ich hasse Pferde, doch das tut jetzt nichts zur Sache, also höre ich weiter zu, um zu erfahren, was genau Angel vorschwebt.

»Du wünschst dir etwas, um damit jemand anderem eine Freude zu machen.«

Hallo, geht's noch! Ich soll meine Lebenszeit für jemand anderen opfern?

»Keine Sorge, diese Wünsche werden nicht auf dein Konto gehen«, versichert mir Angel in diesem Moment. Wäre ja auch noch schöner!

»Okay«, sage ich vorsichtig, »wenn das so ist, können wir das meinetwegen versuchen.«

Obwohl ich echt nicht weiß, wem ich etwas Gutes wünschen soll. Meiner Schwester wünsche ich alles Glück der Welt, aber dafür hat sie schon reichlich selbst gesorgt. Und Maja? Der geht es auch blendend, ohne dass es einer Unterstützung von meiner Seite bedarf.

Hm, knifflig. Angel hatte gesagt, dass es schon konkrete Personen sein müssten, für die ich die Wünsche formulieren soll. Mit dieser Aufgabenstellung hatte sie sich verabschiedet und es mir überlassen, das Beste daraus zu machen.

Nun sitze ich hier auf meinem Sofa und grüble, wem ich etwas Gutes tun könnte.

Da die beiden Menschen, die mir am meisten am Herzen liegen, in dieser Sache Selbstversorger sind, bleiben nur noch diejenigen übrig, die mir normalerweise an einem anderen Körperteil vorbei gehen.

Sollte ich mir tatsächlich für die, die mich am meisten nerven, einen Wunsch ausdenken? Würde ich mich dann tatsächlich besser fühlen? Mir kommen erste Zweifel an der Sinnhaftigkeit von Angels Aufgabenstellung.

Aber noch bin ich nicht bereit aufzugeben. Ich strecke meinen Rücken durch und massiere kurz meine Ohrläppchen. Jetzt befindet sich hoffentlich genügend Sauerstoff in meinem Oberstübchen, damit ein paar ordentliche Vorschläge herauskommen. Beginnen wir mit Nervensäge Nummer eins: Sven.

Obwohl ich ihm immer noch die Pest an den Hals wünsche – oder Schlimmeres an einem tiefer liegenden Körperteil – reiße ich mich zusammen und überlege, was ich mir für ihn wünschen könnte, damit ich mich wohlfühle. Auch wenn ich selbst die Verantwortung für mein Handeln trage, wünsche ich mir, dass er einsieht, in welche missliche Lage er mich damals gebracht hat und dass er zumindest eine Teilschuld an dem Desaster trägt.

Ich wünsche mir, dass er sich dies eingesteht und sich bei mir dafür entschuldigt. Hm, schon mal nicht schlecht, denke ich. Jedenfalls fühlt es gut an und gibt mir Auftrieb, mich gleich an Nummer zwei zu machen. Ich wünsche meinem Chef, dass er sich seinen größten Wunsch erfüllt.

Manchmal, ohne dass er davon etwas mitbekommt, erwische ich ihn, wie er gedankenverloren aus dem Fenster in die Ferne starrt. Ob er einfach nur den Job schmeißen will oder von einer längeren Auszeit träumt weiß ich nicht.

Aber ich spüre deutlich, dass er sich nicht wohlfühlt und am liebsten ganz woanders wäre. Liegt hier auch das Problem des Busfahrers begraben? Ist er es leid tagein, tagaus dieselbe Strecke zu fahren? Immer die gleichen müden und oftmals mürrischen Gesichter zu sehen? Träumt er davon, mit einem ultramodernen Reisebus durch ganz Europa zu touren? Auch das entzieht sich meiner Kenntnis. Also fordere ich für ihn den gleichen Wunsch ein, wie für meinen Chef. Ab jetzt wird es deutlich schwieriger. Was könnte ich Hubert, meinem nervigen Nachbarn wünschen?

Er ist schon in den Siebzigern und seit zwei Jahren Witwer, ebenso wie Friedel, aus dem Erdgeschoss. Sie hat ihren Mann vor drei Jahren verloren. Hey, vielleicht könnte ich sie zusammenbringen. Amor spielen und mit Pfeilen auf die beiden schießen.

LISA!

Was denn? Mich wundert ohnehin seit langem, dass sie sich noch nicht zusammengetan haben. Sie gehen beide gerne spazieren, mögen klassische Musik und lesen gerne.

Vielleicht braucht es nur einen kleinen Schubser. Dieser Wunsch ist sicherlich ganz nach Angels Geschmack, denke ich und lege mich mächtig ins Zeug. Ob es funktioniert wird eine Sache des guten Timings sein. Den Rest müssen die beiden schon selber erledigen. Ich lehne mich entspannt zurück.

So, vier gute Wünsche an einem Abend, ich sag mal: Stramme Leistung, dafür, dass ich zunächst gar nicht wusste, wo und wie ich anfangen sollte.

Ich bin mächtig stolz auf mich und fühle mich gut.

Ähm, meldet sich mein Verstand verschämt, ich hätte da noch einen Vorschlag.

Echt jetzt? Ich dachte, ich hätte jetzt Feierabend. Aber okay, lass hören.

Wie wäre es, wenn du jemandem, den du verletzt hast auch etwas Gutes wünschst?

Schlagartig befällt mich ein schlechtes Gewissen. Die Sache mit Maik hatte ich vollkommen verdrängt. Ihm hätte mein erster Wunsch gelten müssen! Ich bin meinem Verstand dankbar, dass er mich mit der Nase darauf gestoßen hat.

Gern geschehen, lautet seine Antwort.

Ich hole tief Luft und wünsche mir für Maik, dass er eine tolle Frau kennenlernt, die sich unsterblich in ihn verliebt und das die beiden miteinander glücklich werden. So, jetzt aber Schluss für heute.

And they lived happy ever after, ergänzt mein Verstand dummerweise in diesem Moment und ruft mir damit unweigerlich Mr. Unbekannt ins Gedächtnis. GRRR!

Upps, sagt er kleinlaut und entschuldigt sich.

Alles gut, versuche ich ihn zu beruhigen, alles gut. Aber nichts ist gut, rein gar nichts.

 **Kapitel acht**

»Lisa, kommen Sie doch mal bitte in mein Büro.«
Ist das jetzt ein gutes Zeichen oder bin ich am
Arsch? Ich lasse die letzte Arbeitswoche Revue
passieren. Das Wechselbad meiner Gefühle hatte
einen erhöhten Verzehr von Süßigkeiten und
Fastfood nach sich gezogen, aber ich kann guten
Gewissens behaupten, dass die Qualität meiner
Arbeit darunter nicht gelitten hat. Wenn er mir jetzt
mitteilt, dass ich mir zum nächsten ersten etwas
Neues suchen muss, bin ich erledigt.

»Lisa, wie lange sind Sie schon für uns tätig?«
Das müsstest du doch am besten wissen, denke ich
in einem Anflug von Panik.

»Nächsten Monat sind es drei Jahre«, antworte
ich.

»Und, wie gefällt Ihnen ihre Arbeit?«

»Gut, ja, äh sehr gut.«

»Und die Arbeit im Team, die klappt auch?«

»Absolut, wir unterstützen uns...«

»Lisa, reden Sie keinen Quatsch.«
Ich verstumme verunsichert, da ich nicht weiß, in
welche Richtung sich dieses Gespräch nun
entwickelt.

Innerlich wappne ich mich gegen weitere Vorwürfe, halte aber erst einmal die Klappe.

»Ich weiß, wer die Hauptarbeit macht.«

Bist du dir sicher?, denke ich und runzle die Stirn oder glaubst du das, was Regina und Co. dir erzählen?

»Sie, Lisa. Sie arbeiten strukturiert, gewissenhaft und sorgfältig. Sie sind es, die nie den Überblick verliert und zielorientiert arbeitet. Die Kunden sprechen in den höchsten Tönen von ihnen. Könnten Sie sich vorstellen, in Zukunft mehr Verantwortung zu übernehmen?«

»Sehr gerne«, antworte ich erleichtert und füge ein: Wenn die Kohle stimmt in Gedanken hinzu.

»Bei entsprechender Entlohnung, natürlich«, ergänzt mein Chef sein Angebot.

»Und wie hatten Sie sich das genau vorgestellt«, wage ich nachzuhaken.

»Also, ich plane folgendes ...«

Eine halbe Stunde später sitze ich an meinem Arbeitsplatz und kann es kaum fassen. Ich bin schon nach knapp drei Jahren auf der anderen Seite des Tisches angelangt.

Erst einmal nur für ein Jahr, erinnert mich mein Verstand.

Ja, ja du Miesepeter.

Ich meine ja nur, nicht übermütig werden.

Ach, du wieder, möchte ich ihn abwimmeln, aber er hat Recht.

Hatte ich mir nicht letztens erst ein zweites Ich gewünscht, das mich zurückhält, wenn mal wieder die Pferde mit mir durchgehen? Offensichtlich ist mein Verstand gerne bereit, diesen Part zu übernehmen. Danke, murmele ich.

Gern geschehen, flüstert er zurück.

Mein Chef möchte, dass ich die Leitung des Standortes übernehme. Er selbst wird sich ein Sabbatjahr genehmigen. Offen wie nie zuvor, berichtete er mir von seinem Wunsch, mit seinem Wohnmobil einmal um die ganze Welt zu reisen. Er hatte es immer wieder aufgeschoben, aber jetzt hatte er sich entschieden, nicht länger zu warten, sondern den Wunsch Wirklichkeit werden zu lassen.

Ich kann es kaum erwarten, Angel von diesen Neuigkeiten zu erzählen uns so stürze ich gen Haustür, als es pünktlich um 18:00 Uhr klingelt.

Aber es ist nicht Angel, die ich fast umrenne, nachdem ich mir meine Jacke geschnappt und die Tür aufgerissen habe.

»Angel, du glaubst nicht ...«

Ich verstumme, denn ich glaube tatsächlich nicht was ich sehe. Mein überrumpelter Verstand benötigt ebenfalls eine Schrecksekunde, um aus dem attraktiven Mann in darkblue Jeans, weißem Hemd und offenem Jackett das Arschloch Sven zu machen.

»Hallo Lisa«, sagt er fast schüchtern und klingt überhaupt nicht nach dem Mir-gehört-die-Welt-Macho.

»Hallo Sven«, antworte ich überrascht.

»Äh, hättest du einen Moment Zeit? Oder...«, er deutet auf meine Jacke, »... bist du auf dem Sprung?«

»Ja, eigentlich wollte ich ein paar Schritte vor die Tür.«

»Darf ich dich begleiten?«
Ich zucke die Schultern.

»Meinetwegen«, sage ich leichthin und ziehe die Tür hinter mir ins Schloss. Es dauert fast eine geschlagene Minute, bis Sven erneut das Wort ergreift.

»Es klingt jetzt vielleicht komisch, aber ich habe nachgedacht.«

DAS ist in der Tat komisch, denke ich, verschweige dies aber aus Rücksicht auf mein Gegenüber, dem es offensichtlich schwer fällt, mir in die Augen zu schauen. Ich lächle ihn aufmunternd an.

»Also, die Sache ist die. Ich ... äh ... ich weiß, es ist reichlich spät, aber ...«

»Lieber spät als nie«, helfe ich ihm auf die Sprünge.

»Genau«, bestätigt Sven erleichtert. »Und deshalb«, er greift in die Tasche, zieht einen Briefumschlag hervor und hält ihn mir hin, »ist der hier für dich. Es ist nicht die ganze Summe, aber wenigstens ein Teil. Und naja, was soll ich sagen.«

»Vielleicht, es tut mir leid«, schlage ich vor.

»Genau. Lisa, ich war echt ein Arsch, ich meine, damals. Ich möchte mich entschuldigen.«

Ich werde ihn jetzt nicht aufklären, dass nur ich das kann, ihn *ent*schuldigen. Er kann maximal um Entschuldigung bitten, aber ich will mal nicht so kleinlich und besserwisserisch sein.

»Entschuldigung angenommen«, sage ich deshalb und ich kann deutlich den Aufprall des Betonklotzes hören, der Sven gerade vom Herzen gefallen ist. Bevor es jedoch zu melodramatisch wird, kommt ein Stück vom alten Mistkerl wieder aus der Deckung.

»Okay, das war's, was ich loswerden wollte«, sagt er.

»Ich danke dir«, antworte ich und meine es auch so.

»Also, dann...«

»Also, dann«, wiederhole ich, da Sven den Satz unbeendet lässt.

»Dann mache ich mich mal vom Acker. Und, ach ja. Ich habe gesehen, du fährst immer noch deine alte Möhre. Wenn du mal ein richtiges Auto fahren möchtest, wir haben eine Riesenauswahl an jungen Gebrauchten. Und über den Preis können wir auf jeden Fall reden.«

Sven zückt geschäftsmäßig eine Visitenkarte und überreicht sie mir.

»Nochmal danke«, sage ich, »vielleicht komme ich tatsächlich darauf zurück.«

Unsere Umarmung zum Abschied gerät etwas steif, aber ich spüre, dass ein dicker Knoten in meinem Inneren geplatzt ist. Fast wie von selbst finden meine Füße den Weg zum Friedhof und zur alten Bank unter der Weide.

Nun mach schon auf.

Ich muss grinsen. So ungeduldig kenne ich meinen Verstand überhaupt nicht.

Gleich, antworte ich und schließe die Augen. Ich werde ihn noch ein wenig zappeln lassen. Und obwohl ich natürlich genauso gespannt bin, möchte ich den Moment zunächst genießen, unabhängig von der Summe, die sich immer noch in dem verschlossenen Umschlag befindet, der in meiner Jacke steckt. Sven hat mich um Entschuldigung gebeten und somit hat sich auch mein Wunsch Nummer zwei erfüllt.

Und ja, ich fühle mich verdammt wohl. Daran wird auch die Höhe der Entschädigung nichts ändern.

Ha! , entfährt es meinem Verstand, dessen Geduld jetzt wirklich am Ende ist.

Okay, es käme schon auf die Nullen an, die auf den Geldscheinen oder dem Scheck stehen.

Dann reiß endlich diesen verdammten Umschlag auf!

Ja doch.

Sven hat sich für einen Scheck entschieden. Ich ziehe ihn langsam hervor. Es erscheint eine eins. Ich ziehe weiter und zähle die nachfolgenden Nullen. Eins, zwei, drei ... erst nach der vierten Null ist Schluss. 10.000 Ocken, das nenne ich mal – im wahrsten Sinne des Wortes – eine Entschuldigung.

Ob ich das Geld behalten darf? Also, wegen § 1. Ich habe mir schließlich nicht gewünscht, dass Sven mir Geld schenkt, sondern dass er mich um Entschuldigung bittet. Und das er getan. Ich finde, dass die monetäre Zugabe nicht den Tatbestand eines Vertragsbruches erfüllt.

Ich schiebe den Scheck wieder zurück in meine Jackentasche und schließe erneut die Augen. Manchmal kann das Leben echt schön sein. Ich genieße noch gut eine halbe Stunde dieses Gefühl sowie die Ruhe und Abgeschiedenheit dieses Ortes, bevor ich mich auf den Heimweg mache.

Ich will gerade die Zweige der Weide auseinander-schieben, als ich innehalte. Hubert kommt, bewaffnet mit einer Gießkanne, den Kiesweg entlang. Ich wusste gar nicht, dass seine Frau hier begraben liegt. Mein Nachbar biegt in den nächsten Querweg ab. Ich folge ihm unauffällig. Nach wenigen Metern hält er an und stellt die Kanne ab, direkt neben Friedel. Sie hockt vor dem Grab und drückt die neu eingepflanzten Blümchen in die Erde. Dann wischt sie sich den Dreck von den Händen und versucht, auf die Beine zu kommen. Sofort ergreift Hubert ihre Hand und hilft ihr auf, was Friedel mit einem scheuen Lächeln quittiert.

Abmarsch! schallt es in meinem Kopf.

Bitte?

Du spannst.

Quatsch!

Doch.

Nein.

Doch.

Ich bin höchstens neugierig.

So so.

Okay, gebe ich nach, wir gehen.

Oh Mann, jetzt rede ich schon im Plural mit mir.


Gut gelaunt verlasse ich den Friedhof.

Bisschen makaber, findest du nicht? Gute Laune, Friedhof.

Nein, antworte ich ohne zu zögern. Drei von vier Wünschen bereits erfüllt – ich setze mal voraus, dass Hubert und Friedel sich näher kommen werden – ein Scheck über 10.000,- € und eine Beförderung in der Tasche. Nicht schlecht Herr Specht.

 **Kapitel neun**

**Am** nächsten Morgen empfängt mich ein neues Gesicht.

»Moin.«

Ich nicke dem jungen Busfahrer zu.

»Wo ist denn ihr Kollege, der sonst immer diese Strecke fährt?«

»Tja, der ist weg.«

»Wie weg?«

»Der hat gekündigt.«

»Aha.«

»Ja, der will nach Amerika Road Trucks fahren.«

»Was will er?«

»Das sind diese gewaltigen Zugmaschinen, die auf den Highways kreuz und quer durch die Staaten fahren. Hunderte, was sage ich, tausende von Kilometer immer nur geradeaus.«

Keine Haltestellen, keine nervigen Kunden, Freiheit pur, denke ich. Vielleicht war das genau das, was ihm im ÖPNV gefehlt hat. Country Road, take me home to the place I belong ... Vielleicht belongt er wirklich auf die Landstraße. Ich drücke ihm auf jeden Fall beide Daumen.

Meine Euphorie der letzten Tage wird durch die eisige Stimmung, die mir im Büro entgegen schlägt empfindlich gestört. Dies werde ich mir nicht gefallen lassen und sofort gegensteuern.

Ich berufe eine Besprechung ein und stelle klar, dass jede, der es hier unter meiner Leitung nicht gefällt, die Wahl hat zu gehen. Ich fordere meine Kolleginnen unmissverständlich auf, mir den gleichen Respekt zu zollen, wie meinem Vorgänger. Wer damit Probleme hätte, könne das hier und jetzt äußern. Ansonsten erwarte ich, dass jede ihre Arbeit tut, damit der Laden weiter so gut läuft wie bisher. Wenn nicht sogar noch besser, ergänze ich in Gedanken, denn ich weiß, es ist noch reichlich Luft nach oben. Und es wird meine Aufgabe sein, das Beste aus allen Mitarbeiterinnen herauszukitzeln.

Hey, spüre ich da einen Hauch Ehrgeiz?

Könnte man so sagen.

Respekt.

Danke.

Den Rest des Vormittages verbringe ich in meinem neuen Büro und arbeite an meinem Konzept, das mir schon seit geraumer Zeit im Kopf herum spukt. Ich bin so in meiner Arbeit vertieft, dass ich das Klopfen überhört haben muss.

»Ähem, Lisa...?«

Ich schrecke hoch.

»Oh, hallo Mona, was gibt's?«

»Ich ... wir wollten zum Mittagessen und haben uns gefragt, ob zu vielleicht...«

»Das ist nett, dass du fragst. Heute geht es leider nicht, aber gerne ein anderes Mal.«

Mona nickt und schließt die Tür.

Du hättest ruhig mitgehen können.

Hm, ich glaube, ich sollte meine heutige Ansprache erst einmal sacken lassen.

Auch wieder wahr. Entdecke ich neben dem Ehrgeiz auch noch Führungsqualitäten?

Ich werde beinahe rot. Komplimente von meinem Verstand, daran muss ich mich erst noch gewöhnen.

 **Kapitel zehn**

»Hallo Angel, komm rein«, fordere ich meinen Coach auf und halte die Tür weit auf.

»Da hat aber jemand verdammt gute Laune, lass hören.«

Ich berichte Angel in aller Ausführlichkeit von den durchweg positiven Erfahrungen, die ich durch die neue Herangehensweise in den letzten zwei Tagen gemacht habe.

»Also, wenn du noch ein paar Wünsche springen lässt...«, beginne ich, doch Angel hebt die Hand.

»Das kann ich nicht.«

»Warum nicht, es läuft gerade richtig gut.«

»Mein Kontingent ist begrenzt und ich ...«

»Wie jetzt ... begrenztes Kontingent?«, frage ich und kann meine Enttäuschung nicht verbergen.

»Sagtest du nicht, du hättest noch knapp fünfzig Kunden? Da sollte doch wohl noch der ein oder andere Freiwunsch drin sein, oder?«

Angel senkt den Blick. Doch ich will sie nicht mit der lapidaren Antwort entkommen lassen und bleibe stur. Denn, nach Adam Riese und Eva Zwerg machen fünfzig Kunden mal mindestens drei Monate locker einhundertfünfzig Monate.

Das ist meiner Meinung nach schon ein ganz gutes Zeitpolster. Oder gehört das jetzige Verhalten zu Angels ausgeklügelter Marktstrategie? Mich zuerst mit Freiwünschen ködern, damit ich, wenn ich erstmal Blut geleckt habe, einen Wunsch nach dem anderen rauskloppe. Die Stimmung zwischen Angel und mir ist aufgrund ihrer Weigerung, mir noch weitere Wünsche zu spendieren, echt im Keller. Ich bin froh, dass sie sich kurz danach verabschiedet.

Eigentlich will ich den Rest des Donnerstagabends bei einer Tüte Chips auf dem Sofa verbringen, doch dann meldet sich meine innere Stimme.

Lisa?

Hm?

Ich denke, wenn du wissen willst, was mit deiner Zeit passiert, wäre jetzt die Gelegenheit.

Du meinst, ich sollte ...?

Mein Verstand nickt und ich schnappe mir meine Jacke. Ich spurte die Treppe hinunter und hechte zum Ausgang. Ich sehe Angel, wie sie gerade um die nächste Ecke verschwindet. Ich folge ihr unauffällig und halte ausreichend Abstand. Aber Angel dreht sich kein einziges Mal um.

Zum Glück nimmt sie weder ein Taxi noch steigt sie in ein anderes Verkehrsmittel, denn bei meinem übereilten Aufbruch habe ich vergessen, mein Portemonnaie einzupacken.

Während wir Angel durch die halbe Stadt verfolgen, kommen meine innere Stimme und ich ins Gespräch.

Also, lass hören, fordere ich meinen Verstand auf, wofür glaubst du verwendet Angel die gewonnene Zeit?

Lisa, denk doch mal selber nach, lautet seine lapidare Antwort.

Wieso, dafür habe ich dich doch!

Mein Verstand schüttelt ungeduldig den Kopf.

Na super, so hatte ich mir das nicht vorgestellt.

Muss ich dich erst mit der Nase darauf stoßen?

Wie jetzt?

Na, wer glaubst du, hat deine Freiwünsche bezahlt?

Du meinst ...?

Mein Verstand schweigt und gibt mir Zeit, selbst auf die Lösung zu kommen: Angel. Sie hat sie beglichen, aus eigener Tasche. Mir fällt unsere Unterhaltung am ersten Abend im Club wieder ein.

»Die Zeit kommt jemanden zugute, der sie dringender braucht als du.«

Was, wenn dieser jemand, Angel selbst ist?

Ich erinnere mich – trotz des hohen Alkoholpegels – genau daran, wie unwohl sich Angel gefühlt hat und meinen diesbezüglichen Fragen immer wieder ausgewichen war. Sollte das der Grund gewesen sein? Angel brauchte die Zeit selbst? Aber, um was genau damit zu tun?

Wünsche zu erfüllen, Raucher zum nichtrauchen zu bekehren, Chaos zu beseitigen und alte Rechnungen zu begleichen?

Keine schlechten Beweggründe, befindet mein Verstand und ich spinne den Faden weiter.

Verschaffe ich ihr durch meine Zeitspenden die notwendigen Reserven, die sie braucht, um sich um andere, noch hoffnungslosere Fälle wie mich kümmern zu können? Ist Angel auf diese Zeit-Spenden angewiesen, damit sie ihre Arbeit tun kann? Ist sie so etwas wie eine One-woman-NGO?

Das alte Gebäude am Stadtrand, in das Angel schließlich verschwindet, sieht aus wie eine Villa aus der Gründerzeit. Hier wohnst du also Angel, geht es mir durch den Kopf. Ich überlege, ob ich es wagen soll, noch näher heran zu gehen.

Würde ich dann aber nicht Gefahr laufen, entdeckt zu werden und wie sollte ich mich dann herausreden?

Wie wär's mit der Wahrheit? , schlägt meine innere Stimme vor.

Haha, tolle Hilfe.

Meine Füße sind, ungeachtet der Diskussion, die ich gerade führe, einfach weiter gegangen. Nun stehen sie vor der hüfthohen Mauer, die den schmalen Vorgarten vom Gehweg trennt.

Links am Pfeiler neben dem schmalen Tor ist oberhalb des Messingschildes ein Klingelknopf angebracht. Kinderhospiz steht dort in schmalen schnörkellosen Druckbuchstaben. Ich muss schlucken. Ich wusste gar nicht, dass es in unserer Stadt ein Hospiz für Kinder gibt.

Mir wird schlagartig klar, wofür Angel meine Zeit benötigt. Aber warum hatte sie mir dies verschwiegen? Sie hätte doch von Anfang an mit offenen Karten spielen können.

Und was dann? , funkt mein Verstand dazwischen.

Wie, was dann? , frage ich irritiert.

Wenn Angel dir gesagt hätte, wofür sie die Zeit benötigt, hättest du dich dann nicht ihr gegenüber verpflichtet gefühlt, so viel Zeit wie möglich zu spenden?

Gute Frage, muss ich zugeben.

Dich im Unklaren zu lassen, fährt mein Verstand fort, dient deinem eigenen Schutz. Angel nimmt ihr Coaching sehr ernst. Sie kämpft für ihre Sache aber mit fairen Mitteln. In diesem Moment fällt mir unser erstes Zusammentreffen ein. Als ich Angel gefragt hatte: Warum ich?

»Du bist die perfekte Kandidatin.«

»Ach ja, und was genau qualifiziert mich dazu? Mein derzeitiger Status: Single, kinderlos und beruflich in einer Sackgasse?«, hatte ich leichthin geantwortet.

Vielleicht habe ich meine Einstellung zum Wert meiner verbliebenen Lebenszeit mittlerweile geändert. Vielleicht, nein ganz sicher sogar, beginnt mir das Leben neuerdings wieder Spaß zu machen.

Und wem hast du das zu verdanken?

Da brauche ich nicht lange überlegen, Angel natürlich.

Ja, sie hat sicherlich den Anstoß gegeben, aber was genau hat deinen Sinneswandel bewirkt?

Mann, mein Verstand will es heute aber genau wissen und zwingt mich, tief in mich hinein zu horchen.

Ich lausche angestrengt und irgendwann kristallisiert sich der Grund dafür heraus. Auch wenn ich – direkt oder indirekt – von den Wünschen profitierte, hatte ich sie für meine Mitmenschen formuliert.

Ich hatte mir Gedanken gemacht, was sie wohl glücklicher machen würde, und was in ihrem Leben schief lief. Meine Person stand dabei nicht an erster Stelle. Lag darin das Geheimnis?

Na, also, geht doch, meint mein Verstand und hört sich dabei sehr zufrieden an, um gleich darauf noch einen Vorschlag zu machen: Wenn wir nicht erwischt werden wollen, dann sollten wir uns langsam auf den Rückweg machen.

Du hast Recht, denke ich und drehe mich um.

»Hoppla.«

»'ntschuldigung.«

»Ms. Holmes?«

»Mr. Moritz«, rutscht es mir raus.

Der bekannte Unbekannte steht direkt vor mir. Er ist ebenso überrascht wie ich.

»Was hat Sie denn hierher verschlagen?«

»Ich ... äh, ich bin rein zufällig hier.«

»So so, ganz zufällig.«

»Nein, eher doch nicht zufällig. Ich bin jemandem gefolgt.«

»Aha, machen Sie das öfter? Entschuldigen Sie, dumme Frage«, beantwortet er seine Frage gleich selbst, »das müssen Sie ja schon von Berufs wegen.«

»Hä?«

»Na, als Detektivin.«

Das kleine Grübchen, das sich zeigt, während er mich angrinst, bringt mich völlig aus dem Konzept und ich kann den Blick kaum davon abwenden.

Komisch, bei unserer ersten Begegnung im Bus ist es mir gar nicht aufgefallen. Aber da standen wir uns ja auch nicht so nah gegenüber. Mr. Moritz räuspert sich und holt mich dadurch ins hier und jetzt zurück.

»Wie dem auch sei. Ich müsste da jetzt rein«, sagt er und deutet mit dem Kopf auf die Villa. »Mein Publikum wartet sicher schon auf mich und das ist ziemlich ungeduldig.«

»Publikum?«, hake ich nach.

»Tada, vor Ihnen steht Zauberer Pampelmuse.

»Nee ne?«

»Nicht gut? Also, die Kinder lieben ihn, also den Namen.«

»So so.«

»Übrigens, heute hat meine Assistentin kurzfristig abgesagt. Möchten Sie vielleicht einspringen?"

»ICH?«

»Der Job ist das ganz einfach: Lächeln und gut aussehen.«

»Lächeln kann ich.«

»Na prima, dann los.«

Mr. Unbekannt schiebt das Gartentor auf und geht einen Schritt zur Seite.

»Hereinspaziert.«

Mein Blick fällt auf das Messingschild. Ich zögere.

»Hast du keine Zeit?«, fragt er und ich kann seine Enttäuschung heraushören. Ich schüttele den Kopf.

»Das ist es nicht.«

»Hast du Angst?«, hakt er vorsichtig nach.

»Jein«, gestehe ich, »ein bisschen vielleicht. Es ... es wäre das erste Mal für mich.«

»Was, wenn ich dir verspreche, dass du sofort gehen kannst, wenn es dir zu viel wird?«

Ich zögere erneut, aber diesmal aus einem ganz anderen Grund.

»Wird Angel auch dabei sein?«

»Angel, welche Angel? Hier gibt es keine Angel.«

»Sicher nicht?«

»Ganz sicher.«

Hm, komisch, denke ich, und möchte diesen Gedanken eigentlich noch zu Ende bringen, doch die ungeduldige Miene meines Gegenübers zwingt mich, dies auf später zu verschieben.

Es gibt ein großes Hallo, kaum dass wir durch die Eingangstür in die große Halle kommen.

»Pampelmuse! Pampelmuse!«, skandieren die Kinder, lautstark unterstützt von den Pflegern, die anscheinend den Auftritt des Zauberers ebenso herbeisehnen, wie ihre kleinen Patienten.

Der Magier macht eine tiefe Verbeugung und ergreift anschließend meine Hand.

»Sehr verehrtes Publikum. Heute haben wir einen Gast in unseren Reihen. Darf ich Ihnen vorstellen: Die berühmte Detektivin Ms. Holmes.« Applaus brandet auf.

»Sie ist angetreten, um hinter meine Geheimnisse zu kommen.«

Großes Gelächter erfüllt die Halle.

»Das schafft die nie!«, tönt es von rechts.

»Ich wette meinen Nachtisch, dass sie es schafft«, kommt es von links.

»Ich setze meinen dagegen«, kommt es erneut von der anderen Seite.

»Topp, die Wette gilt«, sagt Zauberer Pampelmuse und zwinkert mir zu. Dann gibt er das Startzeichen, in dem er seinen Koffer öffnet und sich als erstes eine dicke Mütze auf den Kopf setzt. Aha, deshalb Pampelmuse, denke ich, als ich dieses Ungetüm aus gelbem Plüsch genauer betrachte.

»Auf geht's, Ms. Holmes.«

Was soll ich sagen? Ich habe es natürlich nicht geschafft, hinter Pampelmuses Tricks zu kommen. Nicht hinter einen einzigen. Trotzdem werde ich mit einem: »Applaus für meine Assistentin!« von der Bühne verabschiedet.

Wir sitzen auf der Mauer vor dem Gebäude und unterhalten uns. Ich bin immer noch schwer beeindruckt von der Selbstverständlichkeit, mit der die Kinder ihr Schicksal akzeptiert haben.

»Das größte Geschenk, was man diesen Kindern machen kann, ist ihnen Zeit zu schenken. Unbeschwerte Zeit, die sie von ihren Ängsten ablenkt und ihre Schmerzen für einen Moment vergessen lässt.«

»Ich schätze, in der letzten Stunde ist Ihnen das sehr gut gelungen.«

»Dank meiner reizenden Assistentin ...«

Bevor ich mich für das Kompliment bedanken kann, funkt sein Handy dazwischen indem es sich lautstark meldet. Ich bilde mir ein, dass er ebenso enttäuscht ist wie ich. Er zieht den Störenfried aus der Hosentasche und schaut auf das Display.

»Mist«, murmelt er leise, »ich muss los, leider.«

»Oh, na klar«, antworte ich, »na dann, man sieht sich.«

Echt jetzt?, fragt mein Verstand und schüttelt den Kopf.

»Okay«, sagt mein Gegenüber und schon ist Zauberer Pampelmuse verschwunden, und ich bleibe alleine auf der Mauer zurück.

Du hast noch nicht einmal nach seiner Nummer gefragt.

Vielleicht steht er ja im Telefonbuch.

Na klar, unter Zauberer Pampelmuse. Lisa, dir ist echt nicht zu helfen!

Ja, ja kipp' nur noch mehr Salz in die Wunde.

Na gut, meint mein Verstand beschwichtigend, mit gutem Willen könnten wir das heutige Treffen als erstes Date werten. Nun liegt es an dir, für ein zweites zu sorgen.

Ein weiteres Date mit Mr. Unbekannt alias Zauberer Pampelmuse, da ich immer noch nicht weiß, wie er wirklich heißt und woher ich ihn kenne.

Nun, Ms. Holmes, da werden Sie wohl noch ein wenig ermitteln müssen, fordert mich mein Verstand auf.

Worauf du dich verlassen kannst, versichere ich ihm.

 **Kapitel elf**

**D**er Besuch des Hospizes beschäftigt mich noch am nächsten Tag. Und das nicht nur wegen des Zauberers. Ich bin Angel unendlich dankbar, dass sie es war, die mich – absichtlich oder nicht – hierher geführt hat, obwohl ich immer noch nicht herausgefunden habe, wo sie abgeblieben ist, nachdem sie das Haus betreten hat. Egal in welche Richtung ich gestern während der Vorstellung auch geschaut hatte, es war nirgends eine Spur von ihr zu entdecken.

»Hey Lisa.« Der Anruf meiner Schwester, am Freitagmittag überrascht mich total. Mist, denke ich, habe ich etwa einen Gedenktag vergessen?

»Lisa? Bist du noch dran?«

»Äh ja, sorry, bin ich. Was gibt's?«

»Hast du morgen Zeit?«

»Ja klar.«

»Gut, ich bin um 10.00 Uhr bei dir.«

»Okay.«

»Also dann, bis Samstag.«

»Ich freu...«

Meine Schwester hat schon aufgelegt. Wahrscheinlich hat sie gerade eine Minute Zeit zwischen zwei äußerst wichtigen Meetings.

Während ich mein Smartphone zur Seite lege, denke ich darüber nach, was der Grund für diesen Anruf und das Treffen sein könnte.

Klang sie gehetzt? Nicht mehr als sonst.

Klang sie traurig? Nee, eher müde. Kein Wunder bei dem Job.

Oder ist sie vielleicht krank?

Oder Paul oder ihr Mann Oliver?

LISA!

Mein Gedanken-Karussell hat endlich seine Fahrt beendet und ich atme tief durch.

So ist es besser. Ein und aus, ein und aus, ein und ...

Ja, ja schon gut, ich hab's kapiert. Ich werde mich, wohl oder übel, bis morgen gedulden müssen, um zu erfahren, warum Laura sich bei mir gemeldet hat. Ich nutze den Nachmittag um einzukaufen. Dann brauche ich am Samstag nur noch schnell Brötchen fürs Frühstück zu holen.

Nachdem ich die Einkäufe erledigt habe, genehmige mir einen Eisbecher in meinem Lieblingseiscafé und schlendere durch die Fußgängerzone.

Ich kratze fein säuberlich den Rest meiner Eiscreme aus dem Pappbecher und lecke genüsslich den Löffel ab. Dann begebe ich mich auf die Suche nach einem Mülleimer. Am Spielplatz, der sich am nördlichen Ende der Einkaufsstraße befindet, werde ich fündig. Zack landet der leere Eisbecher im Papierkorb und zack – ich bleibe wie angewurzelt stehen.

Mitten im Sandkasten des Spielplatzes hockt Mr. Unbekannt und backt Kuchen, also Sandkuchen. Der Anblick freut und schockiert mich gleichermaßen. Denn, so sehr mich sein Anblick erfreut, sitzt Zauberer Pampelmuse nicht alleine dort. Vor ihm hockt ein kleines Mädchen, das eifrig die Förmchen füllt, während er sie fachmännisch auf den Kopf stellt.

In diesem Moment schleicht sich ein kleiner Junge von hinten an den Sandkuchenbäcker heran und schüttet den kompletten Inhalt seines gelben Plastikeimers in dessen Hemdkragen. Darauf folgt eine wilde Verfolgungsjagd über den gesamten Spielplatz, die als Knäuel aus Armen und Beinen auf einer Picknickdecke endet. Ich wende mich ab und sehe zu, dass ich Land gewinne.

Tja, du hättest Maik haben können!

Ja, ja, blöder Besserwisser!

Ich meine ja nur.

Ich hab´s verstanden.

Ich will nur dein Bes...

HALT EINFACH DIE KLAPPE!

Mein Verstand zieht sich eingeschnappt zurück. Soll er ruhig, er wird es ohnehin nicht lange aushalten und sich dann ungefragt wieder einmischen.

Ich rette mich unter die Trauerweide auf dem Friedhof. Der Kokon aus tiefhängenden Zweigen schützt im Moment nicht nur mich, sondern auch meine Umwelt vor ungeahnten Ausbrüchen. Doch vor den Tränen, die – ohne dass ich es verhindern kann – aus mir herausbrechen, können sie mich auch nicht retten. Ich hab es wieder mal verbockt. Ich bin so blöd, so blind, so... mir fallen keine weiteren Adjektive mehr ein. Ich glaube, mein Verstand hat absichtlich seinen Dienst eingestellt, um meine geschundene Seele zu schonen. Manchmal kann er echt nett und mitfühlend sein, manchmal, nicht immer.

Und ja, er hatte vollkommen Recht, und ich habe ihn angebrüllt und ihm den Mund verboten. Ich wische mir die Tränen ab und schnäuze in mein Taschentuch. Wie hieß es doch gleich: Tränen abwischen, Krönchen richten und weiter geht´s!

Wer denkt sich eigentlich so einen Schwachsinn aus. Maja würde mich, wenn sie jetzt hier wäre, einfach in den Arm nehmen und nichts sagen, denn sie weiß genau, wann Worte völlig überbewertet sind. Ist es denn so schwer, den Richtigen zu finden? , frage ich mich. Und gerade wenn man meint, es könnte der Richtige sein, dann hat der zwei süße kleine Kinder. Vielleicht hätte ich Maik tatsächlich nicht so vor den Kopf stoßen, sondern ihm eine reelle Chance geben sollen. Aber, ich weiß auch nicht, wie ich es erklären kann. Bereits das erste zufällige Aufeinandertreffen im Bus war irgendwie magisch gewesen, und unser gemeinsamer Auftritt sowieso.

Ist Liebeskummer eigentlich eine Krankheit, auf die es einen gelben Schein gibt? Ich weiß es nicht. Ich habe mal etwas vom Broken-Heart-Syndrom gelesen, aber ob es dazu eine anerkannte Diagnose mit eindeutigen Symptomen gibt, entzieht sich meiner Kenntnis. Mir reicht meine Ration frische Luft für heute.

Den Rest des Tages werde ich mich im Bett verkriechen und mir Ghost-Nachricht von Sam in Dauerschleife reinziehen.

 **Kapitel zwölf**

**Am** liebsten hätte ich meiner Schwester abgesagt, aber das wollte ich ihr in letzter Minute nicht antun. Ich versuche die Spuren, die die letzte Nacht auf meinem Gesicht hinterlassen hat, mit einem guten Make-Up zu kaschieren, was mir nur leidlich gelingt. Sei's drum, denke ich mir und gebe schließlich auf.

»Tante Lisa!«

»Paulchen!«

Hey, ich hatte nicht erwartet, dass Laura ihren Sohnemann mitbringt. Jedenfalls hatte sie am Telefon nichts in dieser Richtung gesagt. Umso größer ist meine Freude.

»Mensch, bist du groß geworden«, sage ich, wie alle ollen Tanten und bekomme gleich die entsprechende Quittung des Dreikäsehochs.

»Du bist dumm, Tante Lisa«, sagt er, und Recht hat er. Ich schlage mir theatralisch mit der flachen Hand vor die Stirn.

»Wäre ja auch ganz schön blöd, wenn du kleiner geworden wärst.«

»Genau«, bestätigt Paul und setzt sich an den Tisch.

Ich merke schon, er wird die Lehrer alle in die Tasche stecken, sobald er nächstes Jahr in die Schule kommt.

Laura sieht blass aus um die Nase und wirkt tatsächlich ein wenig erschöpft.

»Frühstück?«, biete ich an, doch Laura schüttelt den Kopf.

»Ich bekomme im Moment morgens nichts runter. Es sei denn ... du hast nicht rein zufällig Heringssalat im Kühlschrank?«

»Bedaure, weder zufällig, noch absichtlich. Aber ich kann eben schnell ...«

Doch erneut winkt meine Schwester ab.

»Tee wäre schön.«

Damit kann ich dienen.

Ich albere mit Paulchen herum und lasse mir von ihm alle Neuigkeiten aus seiner ereignisreichen Woche im Kindergarten erzählen. Ich höre ihm aufmerksam zu und unterbreche in höchstens mit einem »Ach, nee!« oder einem »Echt?«. Mehr braucht es nicht, um unsere Unterhaltung am Laufen zu halten.

Laura nippt indessen bedächtig an ihrem Tee. Ich bedränge sie nicht, endlich mit der Sprache rauszurücken, obwohl ich vor Neugier schier zu platzen drohe.

Irgendwann hat Paul alles erzählt und verzieht sich aufs Sofa, um sich dort mit seinen mitgebrachten Spielsachen zu beschäftigen.

Ich schaue ihm einen Moment zu, bevor ich mich zu Laura umdrehe. Sie sagt immer noch nichts, aber ihre Hand ruht auf ihrem Bauch, und sie hat diesen Blick drauf. Den hatte sie schon einmal drauf, damals, als sie ... ich grinse sie an und sie grinst zurück.

»Nee, ne?!«

»Doch.«

Zum zweiten Mal an diesem Morgen könnte ich mir an die Stirn klatschen. Morgenübelkeit, aber Lust auf Heringssalat, ich zähle eins und eins zusammen.

»Cool, wievielte Woche?«

»Vierzehnte.«

»Ich freue mich für dich, für euch. Ich meine ...«

Scheiße, ich hoffe doch, dass sie sich auch freut.

Laura lächelt.

»Ja, wir freuen uns auch, besonders Oliver. Er wollte ja immer schon am liebsten eine ganze Fußballmannschaft.«

»Na klar! Wenn ihr in diesem Tempo – alle fünf Jahre ein Kind – weiter macht, dann schafft ihr das bestimmt bis kurz vor der Rente.«

Laura lacht, das erste Mal an diesem Morgen, und das erleichtert mich ungemein.

»Hey, ich freue mich riesig!«

Und vor allen Dingen freue ich mich, dass Laura es mir persönlich mitgeteilt hat. Sie hätte mir die Neuigkeit ja auch am Telefon erzählen können.

»Aber das ist nicht er einzige Grund für meinen Besuch«, gesteht sie mir in diesem Moment. »Ich habe heute einen Termin um zwölf in der Klinik.«

»Stimmt etwas nicht mit dem Baby?«

»Nein, nein, so weit ist alles gut«, beruhigt mich Laura, »aber mit Mitte dreißig zählt man hierzulande schon zu den Spätgebärenden.«

Sie setzt das Wort mit Hilfe ihrer Finger in Gänsefüßchen und verdreht die Augen.

»Ich, wir wollen einfach nur sicher sein, dass es sich gut entwickelt. Daher lasse ich heute eine besondere Ultraschalluntersuchung machen. Würdest du dich solange um Paul kümmern?«

»Klar, kein Problem.«

»Du bist ein Schatz.«

»Apropos Schatz, ...«

»Oliver hat noch einen wichtigen Vororttermin. Er sieht aber zu, dass er es pünktlich in die Klinik schafft.«

»Apropos Schatz, Klappe die zweite«, beginne ich erneut, »du glaubst nicht, wer letzte Woche vor meiner Haustür stand ...«

Eine halbe Stunde später machen wir uns auf den Weg. Laura zur Klinik, Paul und ich in die Fußgängerzone. Ich habe ihm ein Eis versprochen. Und so schlendern wir mit unseren Eiswaffeln in den Händen an den Schaufenstern entlang, bis Paul den Spielplatz entdeckt und nicht mehr zu bremsen ist.

Er drückt mir sein Eis in die Hand und spurtet los. Ich habe keine Chance, den kleinen Kerl von seinem Vorhaben abzuhalten. Bitte lass IHN nicht da sein, flehe ich, während ich mich langsam dem Spielplatz nähere. Keine Pampelmuse weit und breit in Sicht. Ich finde eine freie Bank und lasse mich erleichtert darauf nieder. Abwechselnd links und rechts schleckend, versuche ich der rasend schnell dahinschmelzenden Eiskugeln Frau zu werden.

Es sind eine ganze Menge Kinder auf dem Spielplatz. Paul hat sich, nach einigen Partien auf der Rutsche und dem Erobern des Kletterturmes, zu einer Gruppe Kinder gesellt, die mit Baggern und Schaufeln im Sand spielen. Ich lehne mich entspannt zurück und genieße den Moment.

»Ist hier noch frei?«

Ich blinzele gegen die Mittagssonne.

»Na klar«, sage ich und mache bereitwillig Platz.

Die junge Frau, die sich neben mich setzt, atmet erleichtert aus. Sie hat zwei Taschen dabei.

Eine sieht aus wie eine Laptop-Tasche, die andere wie eine große Strandtasche.

»Witzige Kombi, was?«, fragt sie, als sie meinen irritierten Blick bemerkt.

»Einmal Arbeit – sie hält die Laptop-Tasche hoch – einmal Vergnügen«, sagt sie mit dem Blick auf die grellbunte Plastiktasche, die aus allen Nähten zu platzen droht.

»Ich hab' Sie hier noch nie gesehen. Welches ist Ihres?«

»Bitte?«

»Ich meine, welches Kind gehört zu Ihnen?«

»Sorry, ich stand für einen Moment auf dem Schlauch. Paul gehört zu mir. Er ist mein Neffe.«

Ich zeige in die Richtung der Baustellentruppe.

»Ah, der süße Blonde. Der spielt gerade mit meinem Hanno und meiner Mia.«

In diesem Moment dreht sich Hanno um und winkt in unsere Richtung. In der Hand hält er einen gelben Plastikeimer. Verdammt, das ist doch ... Scheiße.

Ich sitze hier mit Ms. Unbekannt.

Prima Lisa, super gemacht. Hättest du nicht ...

Na klar, mit Paul auf dem Friedhof spazieren gehen! Tolle Idee. Okay, keine Panik. Vielleicht verliert Paul ja gleich die Lust am Spielen und wir können abhauen.

Ich schaue auf mein Smartphone. Es ist erst kurz vor eins. Ich wünschte, Laura wäre schon fertig.

»Ah, da kommt er ja, mein Held.«

Ich horche erschrocken auf.

»Hallo Bruderherz.«

»Hallo Schwesterchen, und ... oh, hallo Ms. Holmes.«

»Ihr kennt euch?«, fragt die vermeintliche Frau Pampelmuse.

»Etwa aus dem Club?«

In diesem Moment fällt es mir wie Schuppen von den Augen. Na klar, Mr. Unbekannt ist einer der Barkeeper. Eine zweite Erkenntnis bricht sich ebenfalls Bahn: Nicht jeder, der auf einem Spielplatz herumtollt, beaufsichtigt zwangsläufig die eigene Brut.

Der Held wechselt mit seiner Schwester den Platz, die sich jetzt mit einer innigen Umarmung, ein paar mahnenden Worten – keine Pommes, nichts Süßes und spätestens um sieben Uhr ins Bett – und ihrer Laptop-Tasche auf den Weg macht.

»Endlich Ruhe«, meint der Held und streckt die Beine aus.

»Meine Schwester meint doch tatsächlich, mir jedes Mal alles erklären zu müssen. Dabei mache ich den Job schon ein paar Jahre.«

»Ich bin nur die Aushilfstante«, sage ich und deute auf Paul.

»Der junge Mann kann sich glücklich schätzen.«

Hey, flirtet der Barkeeper etwa mit mir?

Ja, Lisa das tut er. Jetzt vermassele es nicht wieder.

Schön zu wissen, wie sehr du an mich glaubst.

Ich spreche aus Erfahrung. Also, ... los.

Du sollst mich nicht hetzen.

Tue ich gar nicht.

Tust du do... ich breche ab und gebe ihm Recht. Ich straffe die Schultern. Es wird Zeit, dass ich erfahre, wer es sich hier gerade neben mir bequem macht. Und das steife „Sie" lasse ich mal gleich unter den Tisch fallen.

»So, Mr. Barkeeper und Teilzeitzauberer Pampelmuse, jetzt ist mir zwar klar woher ich dich kenne, aber deinen Namen weiß ich immer noch nicht.«

»Benjamin, meine Name ist Benjamin. Das bedeutet Sohn des Glücks.«

Die Bedeutung seines Namens gefällt mir. Ich müsste mal googeln, ob Lisa auch eine Bedeutung hat.

»Und wie lautet der Vorname von Ms. Holmes?«

»Lisa, einfach nur Lisa.«

»Freut mich dich kennenzulernen, Einfach-nur-Lisa«, meint Benjamin und grinst frech.

Im nächsten Moment ist er aufgesprungen und spurtet zum Sandkasten. Ein Gerangel zwischen Paul und Hanno um den Bagger wird kurzerhand beigelegt, indem Benjamin einen zweiten aus der riesigen Strandtasche zaubert.

Er streichelt der kleinen Mia liebevoll über den Kopf und kommt lächelnd auf mich zu. Auf genau dieser Strecke, diesen acht Metern – BÄM – verliebe ich mich Hals über Kopf in ihn. Normalerweise büße ich in diesem Zustand meine Fähigkeit ein, sinnvolle und zusammenhängende Sätze zu formulieren. Daher verfalle ich meist in Schockstarre und schweige. Nur die Messung meines Herzschlages würde meine Gefühlslage verraten.

Angel oder Maja, könnt ihr mir helfen?

Angel? Laut ihrer Aussage, habe ich mein erstes Zusammentreffen mit Benjamin nicht ihr, sondern tatsächlich dem Zufall zu verdanken. War trotzdem Magie im Spiel?

»Sollen wir es uns drüber auf der Wiese gemütlich machen?«, unterbricht der Sohn des Glücks meine Gedanken. »So wie ich meine Schwester kenne, hat sie wie stets an alles gedacht: Picknickdecke, Kissen, Getränke ...«

»Hört sich nach einem guten Plan an.«

»Das ist er auch.«

Wir wechseln unseren Standort von der unbequemen Bank mitten in der prallen Sonne, zu einem schattigen Plätzchen auf der anderen Seite des Sandkastens.

»Viel besser«, meint Benjamin und streckt sich lang aus. »Mach es dir doch auch gemütlich.«

»Ich bleibe lieber sitzen, dann habe ich die Kids besser im Blick.«

»Wenn du meinst.«

»Ich bin nicht so der Profi, wie du.«

»Quatsch«, entgegnet Benjamin, »du weißt doch: Tolle Schwestern werden zu Tanten befördert.«

»So, werden sie das?«

»Sicher! Das gilt übrigens auch für Brüder. Darf ich?«

Seine Frage überrumpelt mich.

»Äh ...was?«

Benjamin wartet meine Antwort gar nicht erst ab, sondern bettet seinen Kopf samt Kissen auf meinen Oberschenkel.

»Du hast ja alles im Blick, dann gönne ich mir ein kurzes Power-Napping. Dauert auch nur zehn Minuten, versprochen.«

Sagt's, schließt die Augen und ist tatsächlich nach nur einer Minute tief und fest am Ratzen.

Mir schlafen fast die Beine ein, weil ich krampfhaft versuche, mich nicht zu bewegen, um diesen Moment nur ja nicht zu zerstören.

Ich kann mich gar nicht satt sehen an ihm und bin froh, dass er die Augen geschlossen hat und mich nicht dabei erwischen kann, wie ich sein Gesicht scanne, um mir möglichst alles einzuprägen.

Die zehn Minuten gehen, für meinen Geschmack, viel zu schnell vorbei.

»Das hat gut getan.«

Benjamin streckt sich ausgiebig, um sich anschließend aufzusetzen. Er lächelt mich an.

»Dankeschön.«

»Gern geschehen.«

Wir schweigen einen Moment und beobachten die Kids, die völlig selbstvergessen in ihrem Spiel vertieft sind. Sie quälen keine Gedanken an gestern oder an morgen, sondern sie leben nur im hier und jetzt. Beneidenswert. Kinder an die Macht, forderte schon Herbie und Recht hat er. Manchmal wünschte ich mir Paulchens Sicht der Dinge und seine Leichtigkeit.

Diese Überlegungen bringen mich auf einen Gedanken und ich bin gespannt, was Benjamin dazu meint.

»Benjamin, darf ich dich etwas fragen?«

»Klar, nur zu.«

»Glaubst du an Wunsch-Erfüller?«

»Sicher, du nicht?«

»Echt jetzt?«

»Absolut.«

»Du verarscht mich.«

»Nein! Wie hätte es sich sonst ergeben, dass wir uns außerhalb des Clubs über den Weg laufen?«

Ja, wie sonst? Kismet, Schicksal, Zufall oder doch Angel?

Lisa? Wo bist du wieder mit deinen Gedanken?

Lass mich. Ich unterhalte mich gerade so schön.

Hast du nicht zugehört?

Doch ich bin ganz Ohr.

Sicher? Dann kannst du bestimmt wiederholen was Benjamin gerade gesagt hat.

Na klar, dass er auch an Wunsch-Erfüller glaubt.

Lisa, du machst mich kirre.

Was denn? Das hat er doch gesagt.

Und, was noch?

Wie, was noch?

Ich wiederhole mal eben für dich: Wie hätte es sich sonst ergeben, dass wir uns außerhalb des Clubs über den Weg laufen. Na, klingelt es jetzt endlich oder muss ich auch noch übersetzen?

Du meinst, er hat sich gewünscht, mich wiederzusehen.

Puh, das war aber eine schwere Geburt.

Äh ... danke.

Gern geschehen.

Ich frage aber besser nochmal nach.

Wenn du meinst.

»Und du kennst bestimmt keine Angel?«, frage ich Benjamin vorsichtshalber.

»Nein, das hattest du mich doch Donnerstag gefragt.«

»Ich wollte nur sicher gehen«, erwidere ich erleichtert. »Sag mal, warum hast du mich eigentlich nicht schon im Club angesprochen?«

»Gegenfrage. Warum hast du so lange gebraucht, um herauszufinden, woher du mich kennst?«

Ertappt. Ich werde den Teufel tun und ihm verraten, dass mich erst der Hinweis seiner Schwester auf die richtige Spur gebracht und mir die Augen geöffnet hat.

»Ich nenne das das Nightmanager-Phänomen«, erklärt mir Benjamin in diesem Moment.

»Das was?«

»Na, wie in dem Film: Der Nightmanager.«

»Kenne ich nicht.«

»Der Nightmanager ist der Nachtportier eines Hotels. Die Gäste verbinden sein Aussehen mit seiner Uniform. Fehlt diese, wissen die meisten nicht mehr, wohin sie das Gesicht stecken sollen, auch wenn es ihnen irgendwie bekannt vorkommt.«

»Aha.«

»In etwa das gleiche Schicksal erleiden Wochenende für Wochenende unzählige durchaus gutaussehende Barkeeper, die unerkannt bleiben, sobald sie ihrer natürlichen Umgebung – also den Tresen – entrissen worden sind. Hinzu kommt, dass ein nicht unerheblicher Teil der weiblichen Gäste ohnehin nur auf der Suche nach Mr. Right ist. Der Typ hinter der Theke, mit dem schlecht bezahlten Job und den beziehungsunfreundlichen Arbeitszeiten, fällt somit direkt aus ihrem Beuteschema.«

Da ist was dran, muss ich zugeben.

»Ich bin sozusagen ein Neutrum«, meint Benjamin Mitleid heischend.

»Na, soweit würde ich dann doch nicht gehen. Die eine oder andere Besucherin des Clubs wird sich doch schon mal in dich verguckt haben.«

Benjamin nickt.

Wusste ich es doch.

»Und dann kommt mein zweites Problem aufs Tableau ...«

Bitte, bitte lieber Gott, lass ihn nicht schwul sein!

»... mein Chef sieht es nicht gerne, wenn wir etwas mit den Gästen anfangen.«

Benjamin zuckt die Schultern.

»Zuviel Freigetränke.«

Puh, ich atme die Luft, die ich instinktiv angehalten habe, erleichtert aus.

»Ach so.«

»Das klang jetzt aber sehr erleichtert.«

Ich zucke die Schultern.

»Was hattest du denn befürchtet?«, hakt Benjamin nach.

»Nichts.«

»Für nichts war der Seufzer aber ganz schön tief.«

»War er nicht.«

»Ich finde doch.«

»Wenn ich tief seufze hört sich das ganz anders an.«

»Lass hören.«

»Wie jetzt?«

»Na, seufze mal tief, damit ich überprüfen kann, ob es stimmt.«

»Träum weiter.«

»Bitte!«

»Du müsstest mir schon einen triftigen Grund ...«

»Reicht das?«, fragt Benjamin, nachdem sich unsere Lippen nach einem sanften, unendlich zärtlichen Kuss wieder voneinander lösen.

»Ich würde mal sagen, nicht schlecht, für den Anfang.«

»Nicht schlecht?!«

»Vielleicht, also wenn du bereit wärst, es nochmal zu wiederholen, dann...«

Der zweite Kuss ist genauso gut wie der erste.

»Schon besser«, bestätige ich.

»Ich gebe es auf.«

»Nein, bitte tu das nicht.«

»Nicht schlecht, schon besser... Was kommt noch: Ganz passabel, ausbaufähig?«

»Er war perfekt.«

»Das wollte ich hören«, sagt Benjamin und lehnt sich entspannt zurück.

»Dann sollten wir das von nun an so oft wie möglich wiederholen.«

»Dem Vorschlag kann ich nur zustimmen.«

Dieser besondere Nachmittag geht leider viel zu schnell zu Ende. Meine Schwester und ihr Mann kommen Arm in Arm zum Spielplatz geschlendert. Ihren entspannten Gesichtern entnehme ich, dass alles in Ordnung ist. Laura präsentiert auch gleich das entsprechende Ultraschallfoto, auf dem ich zugegebenermaßen nicht wirklich etwas erkennen kann. Aber egal, laut Arzt ist alles dran, alles gut, alles perfekt, so wie der heutige Tag.

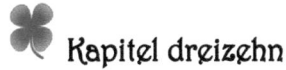 ## Kapitel dreizehn

Ich kann es kaum abwarten, Angel von meinem unglaublichen Wochenende zu erzählen. Wir sitzen in meiner Küche am Esstisch bei einer Tasse Kaffee und ich erzähle und erzähle und erzähle. Außerdem gestehe ich ihr, dass ich meine Lektion gelernt habe und gelobe Besserung, was meine egozentrische Sicht vieler Dinge anbelangt. Angel hört die ganze Zeit lächelnd zu, bis sie sich erhebt und nach ihrer Handtasche greift.

Hey, warum will sie denn schon los? Wir plaudern doch gerade so schön.

»Dann ist meine Aufgabe hier erfüllt« , sagt Angel.

»Äh ... wie jetzt?«

»Du brauchst mich nicht mehr.«

»Aber, wer soll denn in Zukunft meine Wünsche erfüllen? Ich meine, ich glaube, ich brauche noch eine ganze Menge Coaching und Anleitung«, widerspreche ich verzweifelt, denn ich will nicht, dass Angel aus meinem Leben verschwindet und mich alleine lässt.

»Ich bin sicher, du schaffst das ganz hervorragend.«

Okay, das vergangene Wochenende lief ja wirklich nicht schlecht, aber...

Ich erkenne an Angels freundlichem, aber entschlossenem Gesichtsausdruck, dass auch ein Wunsch von mir, nichts an ihrer Entscheidung ändern wird.

Ha, denke ich und spiele meinen letzten Trumpf aus.

»Und unser Vertrag?«

»Hattest du die Ausstiegsklausel nicht gelesen?«, kontert Angel lächelnd.

Ich schüttele den Kopf. Natürlich nicht. Wer liest schon das Kleingedruckte? Doch natürlich hilft Angel mir auf die Sprünge. Sie hatte das Fach Vertragsrecht ja mit Auszeichnung bestanden!

»Befindet die Wunsch-Erfüllerin, dass der Kunde das Optimum aus der Vereinbarung erreicht hat und weitere Wünsche nur zum Nachteil für ihn wären, erlischt der Vertrag.«

Echt jetzt? Mann, ich habe das Optimum bestimmt noch nicht erreicht. Ich finde, da ist noch reichlich Luft nach oben.

»Habe ich ein Vetorecht?«, frage ich und klammere mich verzweifelt an diesen letzten Strohhalm, doch erneut spricht Angels Miene Bände.

»Ich ... ich werde dich vermissen«, sage ich schließlich.

»Ich dich auch.«

»Werden wir uns wiedersehen?«

»Ich werde über dich wachen.«

»Bist du dann ab jetzt meine Schutz-Angel?«, wage ich einen platten Witz, da ich mir einfach nicht besser zu helfen weiß, die Tränen, die unbedingt aus mir herausströmen wollen, aufzuhalten.

»Wenn das bedeutet, dass ich ein Auge auf dich haben soll, dann bin ich ab heute sehr gerne deine Schutz-Angel.«

»Darf ich dich drücken?«

»Bitte?«

»Ich meine, darf ich dich umarmen?«

»Natür...«

Ich warte Angels Antwort gar nicht erst ab und halte sie so fest, als wolle ich sie nie wieder loslassen, und irgendwie stimmt das ja auch.

»Ähem, Lisa?«

»Hm?«

»Haben wir uns jetzt genug, äh ... gedrückt?«

NEIN! schreit es ganz laut in mir.

»Ja«, haucht mein Mund.

Schließlich gebe ich Angel frei, wenn auch überaus widerwillig.

»Ich wünsche dir alles erdenklich Gute«, sagt sie und ich muss erneut schlucken.

»Da... das wünsche ich dir auch und ... danke für ... ach einfach alles.«

»Sehr sehr gern geschehen.«

Angel dreht sich um und geht zur Tür. Sie drückt die Klinke hinunter. Dann schaut sie sich noch einmal lächelnd zu mir um, öffnet die Tür und ist kurz darauf verschwunden.

Kaum dass die Tür ins Schloss gefallen ist, stürze ich hinterher und reiße sie fast aus den Angeln. Ich starre den leeren Flur entlang. Von Angel keine Spur. Sie ist wie vom Erdboden verschluckt. Nur der feine Duft ihres Parfüms schwebt wie ein zarter Hauch und ein letzter Gruß in der Luft.

-Ende-

Liebe Leser*innen,

ich hoffe, Ihnen hat der kleine Ausflug in die magische Welt der Liebe gefallen. Ich wünsche Ihnen, dass sich ihre wahrhaftigsten und sehnlichsten Wünsche erfüllen mögen, und Sie ein glückliches Leben führen.

Falls Sie auch meine kriminelle Seite kennenlernen möchten, empfehle ich Ihnen meine beiden Krimis rund um das ungewöhnliche Ermittlerduo Ivonne und Florian.

Herzliche Grüße

Andrea Hundsdorfer

ISBN: 9783756231096

Nein, er war nicht Hugh Grant, sondern der Pathologe Florian Häusler, und sie war definitiv nicht Julia Roberts, sondern die Kommissarin Ivonne Holtkämper. Es war auch kein Orangensaft, sondern ein Latte Macchiato der sich gerade aus einem XXL Becher über Ivonnes Bluse verteilte und ihr ein wütendes „Fuck!" entlockte. Dieses peinliche Missgeschick bildet den Startschuss für die Zusammenarbeit dieses ungewöhnlichen Ermittlerduos.

ISBN: 9783756839025

Die zweite Welle der Pandemie rollt über Deutschland, und in der St. Ursula Klinik häufen sich die Todesfälle auf der Intensivstation. Zufall oder treibt ein Todesengel sein Unwesen? Und warum hat er es gerade auf Patienten abgesehen, deren Leben ohnehin an seidenen Fäden hängen?